GAME OF GOETIA

니콜로 장편소설

FUSION FANTASTIC STORY

마왕의 게임

마왕의 게임 8
니콜로 장편소설

초판 1쇄 찍은 날 § 2016년 2월 24일
초판 1쇄 펴낸 날 § 2016년 3월 2일

지은이 § 니콜로
펴낸이 § 서경석

편집책임 § 한준만

펴낸곳 § 도서출판 청어람
등록번호 § 제387-1999-000006호
등록일자 § 1999. 5. 31
어람번호 § 제1-2363호

주소 § 경기도 부천시 원미구 부일로 483번길 40 서경B/D 3F (우) 14640
전화 § 032-656-4452 팩스 § 032-656-4453
http://www.chungeoram.com
Email § chungeorambook@daum.net

ISBN 979-11-04-90658-9 04810
ISBN 979-11-04-90396-0 (세트)

니콜로 장편소설

FUSION FANTASTIC STORY

마왕의 게임

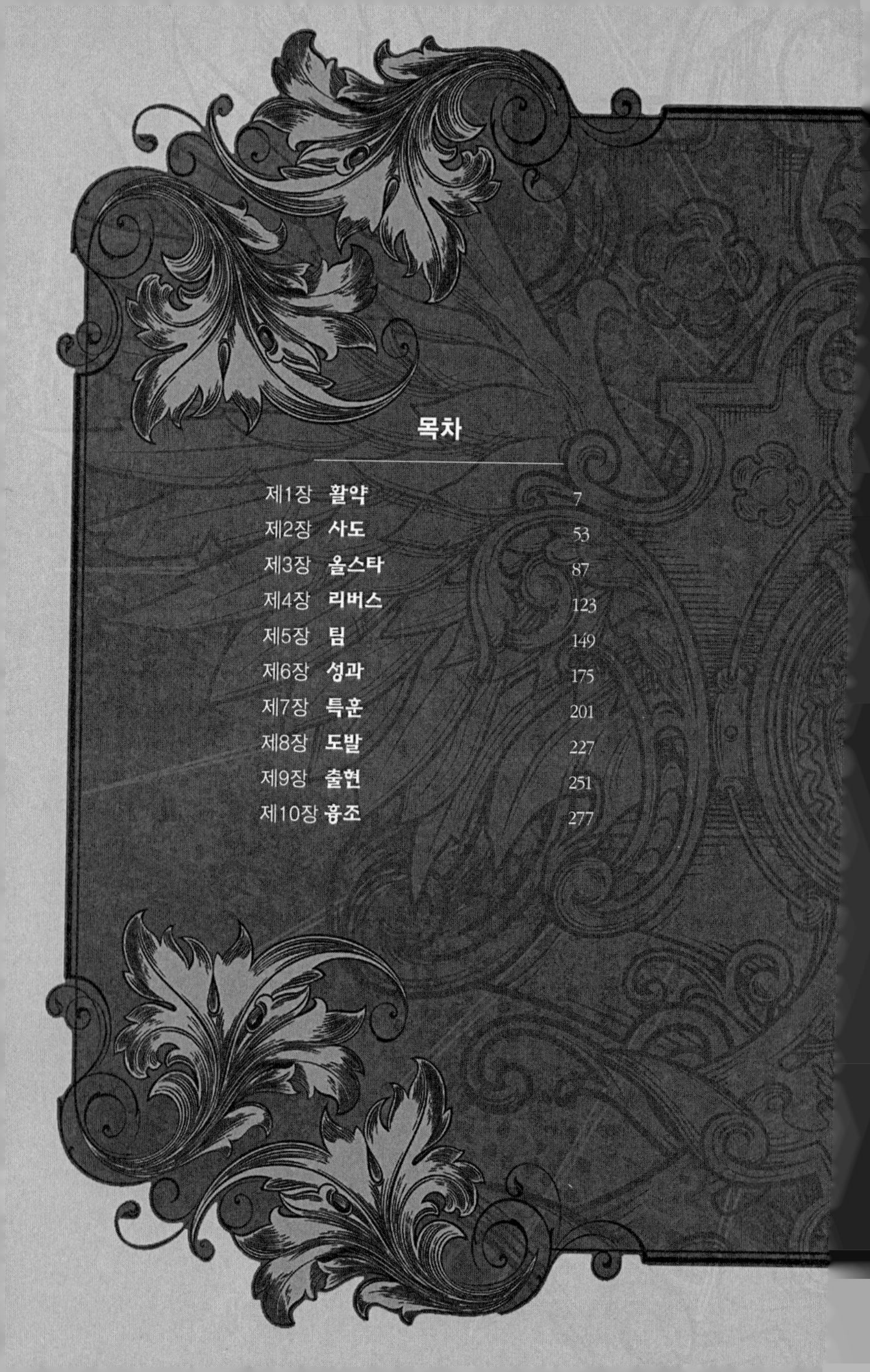

목차

제1장 **활약** 7
제2장 **사도** 53
제3장 **올스타** 87
제4장 **리버스** 123
제5장 **팀** 149
제6장 **성과** 175
제7장 **특훈** 201
제8장 **도발** 227
제9장 **출현** 251
제10장 **흉조** 277

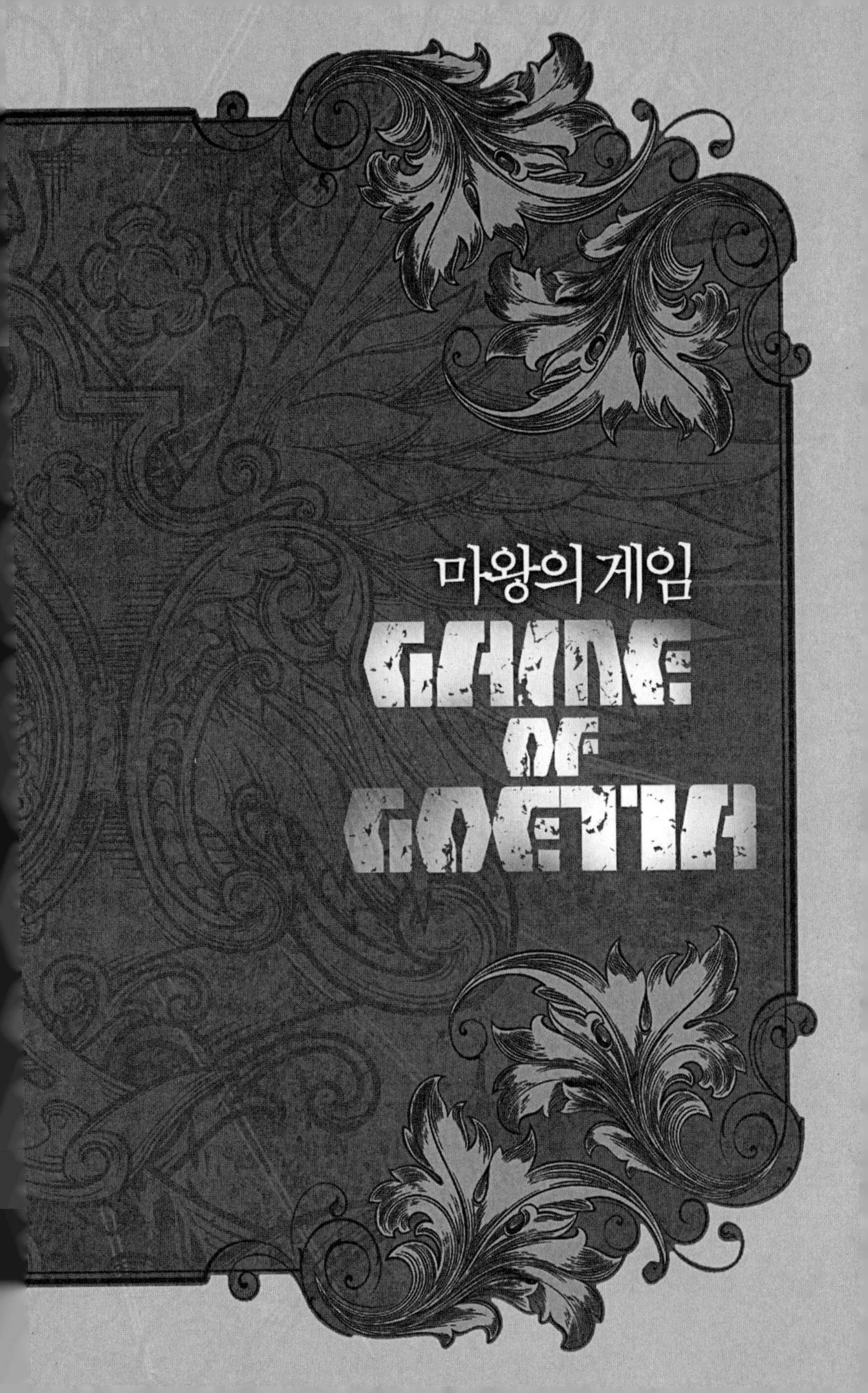
마왕의 게임
GAME
OF
GOETIA

제1장

활약

이신은 자신이 알고 있던 동탁의 이미지를 전부 버릴 필요성을 느꼈다.

서영이 말하는 동탁은 일단 매우 용맹한 인물이었다.

서량에서 강족과 싸우던 시절에 동탁은 말을 타며 활을 쏘는 데 능했는데, 어느 손으로 쏘든 맞추지 못하는 법이 없었다고 한다.

게다가 꾀 또한 뛰어났다.

낙양 입성(入城) 당시 동탁이 가진 병력은 삼국지연의와 달리 3천여 명에 불과했다.

그런데 동탁은 꾀로써 자신의 위세를 꾸몄다. 야밤에 몰래 군사를 물리고 다음 날 아침에 다시 북을 울리며 입성하기를 반복해, 짐짓 병력이 많은 것처럼 쇼를 했던 것.

그러자 모두가 속아 넘어가 동탁의 위세에 놀라워했고, 그렇게 죽은 대장군 하진의 병력을 자연스럽게 흡수했다.

게다가 여포를 부추겨서 병주자사 정원을 제거하고 그 군대까지 흡수하니 정말로 대군이 되었다.

낙양에서 동탁이 절대 권력을 얻기까지의 과정은 그렇듯 드라마틱했다.

그때부터 말도 못하게 포악해졌지만 말이다.

'그런 꾀까지 쓸 줄을 안다면 각별히 주의할 필요가 있겠군.'

상대방의 심리의 허점을 찌를 줄 아는 인물이 아닌가. 하지만 대체로 보면 현명함과는 거리가 먼 인간임을 행적을 봐도 알 수 있었다.

황제를 갈아치워 황실의 정통성을 붕괴시키고, 군벌과 대치하는 중에 수도를 멋대로 옮겨 중앙 권력의 붕괴를 모두에게 광고한 꼴이 됐다.

새로 주조한 화폐는 위조화폐보다 더 조잡하여 화폐경제가 크게 몰락했고, 도굴과 약탈 등 수많은 악행으로 민심을 잃었다.

서영은 동탁의 휘하에 있으면서 그러한 악행을 벌이는 것을 돕다가 지옥에 떨어진 비운의 케이스였다. 부하 장수로서 시키는 명령에 따랐을 테니 동탁의 휘하에서 죄를 안 지었을 리 만무한 것이었다.

아무튼 동탁이 해놓은 짓들을 보면 사실상 후한(後漢)의 숨통을 끊어놓은 장본인이라 해도 과언이 아니었다.

'그런 성격이니 운영 면에서는 그다지 기대할 게 없겠군.'

이신은 서영으로부터 들은 이야기를 토대로 동탁의 전략을 추측해 보았다.

일단은 기병대를 쓰기 좋은 넓은 전장을 선택할 가능성이 매우 높다. 게다가 본인 스스로도 용맹하고 활을 잘 쐈다고 하니 빙의를 펼칠 가능성도 있었다.

그리고 중요한 것 한 가지. 적과 동료의 호의를 사는 동탁의 능력이 남았다.

그것이 서열전에서 어떤 식으로 발휘될지를 아직 알 수 없었다.

이신은 일단 유추되는 사실을 토대로 서열전을 준비하기 시작했다.

그런데 문득 의문점이 들었다.

"동탁이 처음부터 오크를 골랐나?"

이신은 서영에게 물었다.

서영에게 그러한 질문을 하는 이유는 간단했다.

살아생전에 전란기를 살면서 수많은 부하 장수를 거느렸었다. 그중에는 서영 같은 명장도 있었고 말이다.

그러면 계약자가 되었을 때, 종족으로 휴먼을 고르고 부하였든 적이었든 자신이 아는 유능한 인물들을 사도로 거느릴 생각을 안 했을 리 없었다.

그 물음에 서영은 안색이 어두워졌다.

"맞습니다. 동탁이 처음 계약자가 되었을 때 모의전에서 소환된 적이 있었습니다."

그러고는 뻔한 수순이었다.

동탁은 서영을 만나 크게 기뻐하며 조만간 사도로 임명해 주겠다고 큰소리를 쳤다. 하지만 몇 차례 모의전을 더 해보더니, 휴먼은 너무 약해서 안 되겠다고 판단하고는 오크로 종족을 바꿔 버렸다고 한다.

서영을 사도로 임명해 지옥에서 건져 주겠다는 약속도 저버리고 말이다.

"휴먼을 잘 다루시는 계약자님을 만나 지금은 오히려 다행이라고 생각합니다. 이번 기회에 동탁으로 하여금 크게 후회하게 만들어주고 싶습니다."

"조만간 그럴 수 있게 된다."

이신은 동탁에 대한 증오로 전의를 불태우는 서영을 격려했다.

동탁이 휴먼을 포기해 줘서 다행이라고 생각하면서.

*　　　*　　　*

"마력을 많이 소진하셨네요?"

그레모리가 모의전을 마치고 돌아온 이신을 보며 의아해했다.

"예, 사도를 한 사람 더 임명하는 바람에 그렇게 됐습니다."

이신은 전에 오귀스트 마르몽을 사도로 임명하고 능력까지 부여해서 1,190마력이 남아 있었다.
그런데 이번에 서영까지 사도로 데려오는 바람에 다시 300마력을 소진해 890마력밖에 남지 않았다.
"얼마 전까지만 해도 하급 악마이셨는데 다시 격하되셨어요."
"별로 상관은 없습니다. 치유 능력도 그대로 남아 있습니다."
이신은 정말로 신경 쓰지 않았다.
하급 악마든 일개 악마든 자신은 그냥 인간일 뿐이었다. 하지만 그레모리는 그것이 마음에 들지 않는 모양이었다.
"저도 이제 다시 예전의 성세를 회복하고 있는데, 제 계약자가 아직 하급 악마가 되지 못한다니 용납할 수 없는 일이에요."
"마력을 필요한 곳에 사용했기 때문에 소진한 것인데 딱히 상관없지 않습니까."
"그렇지 않아요. 앞으로 마주칠 계약자들은 다들 최소한 하급 악마에 장각 같은 중급 악마까지 있어요. 카이저가 그들 앞에서 창피를 당하게 놔둘 수야 없지요."
"별로 창피하지 않습니다만."
"제가 용납 못 하겠어요!"
정말 속상하다는 듯이 말하는 그레모리.
이신은 그런 그녀의 사고방식을 이해할 수 없었다.
마력이 생명처럼 소중하고 무엇보다도 절대적인 기준이 되는 악마들의 사고관은 인간인 그가 이해할 수 있는 것이 아니었다.

그것은 마계에 온 지 얼마 되지 않아 아직 악마들의 사회에 적응을 못 했기 때문이었다.

이신이 아직 살아 있는 인간이기 때문이기도 했다.

살아 있는 인간에게는 자신의 존재를 증명할 수 있는 수단이 매우 많았다.

부, 명예, 지위, 외모, 능력, 가족, 친구 등등.

만약 그것들을 송두리째 잃는다면 그 누구라도 절망하지 않을 수 없지 않은가.

악마들에게는 자신의 존재를 유지하고 증명할 수 있는 유일한 수단이 마력이었다.

때문에 그레모리의 눈에는 마력을 사도를 꾸리는 데 전부 소진하고 하급 악마에서 다시 격하된 이신이 안쓰러워 보이는 것이었다.

자신을 위해 그렇게까지 헌신하는 이신이 고맙게 보이기도 했고 말이다.

"그러고 보니 카이저를 처음 만났을 때 제가 가진 마력은 고작 65,000가량이었지요."

그녀는 흐뭇하게 웃었다.

"하지만 지금은 275,000마력을 보유하고 있으니, 카이저가 제게 20만이 넘는 마력을 안겨주었군요."

이신의 눈에 그레모리는 마치 소규모 벤처를 견실한 중견 기업으로 키워낸 사장 같은 태도로 말하고 있었다.

"그런 선물을 준 카이저에게 변변한 보답도 하지 못했네요."

"영지를 주셨습니다. 그걸로 충분합니다."

실제로 그 오두막과 반지의 효과에 매우 만족하고 있는 이신이었다.

"아니에요. 이건 제 성의니 부디 받아주세요."

그러고는 거절할 틈도 없이, 큼직한 마력의 응집체를 만들어 내 이신에게 불어넣었다.

마력 응집체가 정수리를 통해 이신의 몸 안으로 흡수되었다.

"……!"

이신은 후끈거리는 열기를 느꼈다.

한순간에 온몸에 뜨거운 충만감이 차오르는 그 느낌!

마치 경기에서 치열한 접전 끝에 승기를 잡은 짜릿한 쾌감과도 같았다.

이윽고 심장 어림에 자리 잡은 마력의 덩어리가 매우 커져 있음을 이신은 느낄 수 있었다.

한동안 그레모리에게 부여받은 마력이 계속 요동치고 온몸을 휘젓는 통에 이신은 그 쾌감에서 벗어날 수가 없었다.

한참이 지난 끝에야 이신은 정신을 수습할 수 있었다.

"방금은 뭐였습니까?"

"마력을 확인해 보세요."

그레모리의 말에 이신은 자신의 마력량을 체크해 보았다.

확인하는 방법은 간단했다. 그레모리에게 선물 받았던 반지에 마력을 살짝 불어넣으면 된다.

[마력: 3,890/3,890]

이신은 깜짝 놀랐다. 그레모리가 무려 3천에 달하는 마력을 선물한 것이었다.

악마들이 얼마나 마력을 끔찍이 아끼는지를 감안하면 놀라운 일이었다.

자신에게 패배한 악마군주들이 소원으로 1%의 마력을 건넬 때마다 얼마나 분통을 터뜨렸던가?

그런데 그레모리는 선뜻 자신의 총 마력량의 1%가 넘는 양을 선물한 것이다.

아무리 악마들의 사고방식에 익숙하지 않은 이신이라도 그것이 굉장한 호의라는 것을 알 수 있었다.

"이렇게까지 해주지 않으셔도 됩니다."

"호호, 사양하실 것 없어요. 자신을 위해 싸워주는 계약자에게 그 정도 지원은 얼마든지 있는 일이에요."

"그렇습니까?"

"그럼요. 사도를 임명하고 사도들에게 무기나 능력도 부여하고, 서열전을 위해 해야 할 것이 얼마나 많나요? 계약자가 승리를 거두기 위해서는 악마군주도 나름대로 지원을 해줘야 하는 법이죠."

그러고 보면 장각 같은 경우도 처음부터 하급 악마로 각성된 채 계약자로서 서열전을 시작했다.

그레모리는 약간 부끄럽게 웃었다.

"사실 마음 같아서는 카이저와 처음 계약했을 때 바로 마력을 지원해 주고 싶었어요. 하지만 그때는 사정도 여의치 않았고, 카이저의 실력도 검증이 안 됐었죠. 자칫 잘못하면 전 계약자처럼 또 피를 볼 수 있었으니까요."

십분 이해하는 바였다. 그놈의 전 계약자 니콜로 마키아벨리 탓에 번지점프 같은 추락을 경험한 그레모리였다.

"하지만 이제는 카이저를 믿으니까요."

그러면서 활짝 웃는 아름다운 그레모리. 방금 전에 마력의 격동 때문에 몸이 흥분되었던 탓일까? 이신은 그레모리의 아름다운 모습에 가슴이 두근거림을 느꼈다.

"…감사합니다."

간신히 흔들리는 마음을 다잡고 침착성을 되찾았다.

그런 그의 마음을 아는지 모르는지 그레모리는 의미심장한 미소를 띠고 있었다.

그 뒤로 이신의 준비는 막바지까지 계속되었다.

동탁이 어떤 전장을 고르고 어떤 전략을 펼칠지 불확실하니, 조금의 변수도 모조리 대비하고 맞받아칠 생각이었다.

그러면서 그레모리에게 얻어 풍부해진 마력으로 서영에게 무기와 방어구, 능력을 부여했다.

무기에 300마력, 방어구에 또 300마력이 소모되었고, 마지막으로 능력을 부여하는 데는 1,000마력을 쏟았다.

그렇게 1,600마력을 소모해 이제 이신에게 남은 마력량은 2,290.

하지만 그 결과물은 그럭저럭 괜찮은 것이었다.

서영(휴먼, 기사)

무기 : 장창(공격력 +5%)

방어구 : 명광개(明光鎧)(방어력 +7%)

능력 : 평정심(본인 및 아군을 각종 혼란에서 회복시킵니다.)

장창은 평범하게 공격력을 5% 올려주는 선에 그쳤다. 하지만 방어구로 부여된 명광개는 성능이 무려 +7%.

명광개(明光鎧)는 후한 말부터 당나라에 이르기까지 유행했던 우수한 갑옷이었다.

아마도 서영에게 익숙한 갑옷이 임의로 부여된 모양이었다. 서영도 그 갑옷이 움직이기 한결 편하다고 좋아했다.

무엇보다도 주목할 만한 것은 능력, 평정심이었다.

각종 혼란에서 회복시킨다니.

사실 실제 전쟁과 달리 서열전에서는 혼란 같은 정신적인 이상은 별로 나타난 적이 없었다.

소환된 이들이 정신적으로 어떤 상태에 있든, 그들의 육체는 상관없이 이신의 명령대로 움직이기 때문이었다.

물론 칼을 어떻게 휘둘러라, 같은 세세한 것까지 명령을 내릴 수 없으니 병사들의 사기가 전투력에 크게 중요할 테지만, 이신은 지금까지 병사들의 사기가 떨어질 만한 상황을 만든 적이 없었다.

'어떻게든 효과를 발휘할 날이 오겠지.'

정신없는 난전 상황에서 병력이 혼란에 빠졌을 때, 서영의 능력이 빛을 발하게 될지도 모르는 일이었다.

그렇게 준비는 차근차근 진행되고 있었다.

*　　　*　　　*

커다란 침대를 절반 이상 잠식한 거구의 사내가 있었다.

사내는 흉한 알몸뚱이를 드러낸 채 누워 있었는데, 그 곁에는 역시나 하얀 나신의 여인들이 있었다.

"자자, 이제 꺼져 봐."

사내는 거칠게 여인들을 밀어냈다.

"네."

"또 불러주세요, 계약자님."

여인들은 교태를 부리며 알몸 그대로 사라졌다.

사내는 나가는 여인들의 매혹적인 뒤태를 보며 히죽히죽 웃었다.

"정말 끝내주는 곳이란 말이야."

동탁은 마계의 생활이 좋았다.

인세(人世)에서는 상상도 못 했던 모든 욕망이 충족되는 세상.

악마군주 오리아스의 유혹을 받아 계약을 한 동탁은 그때의 결정을 후회하지 않았다.

비록 믿었던 부하 놈에게 살해당했지만, 신나게 권력놀음을 하며 천하를 오시하지 않았던가.

그리고 원하는 모든 것을 다 얻고 즐길 수 있는 이 세상이라니!

악마들의 마계 사회는 동탁의 취향에 딱 맞았다.

이 영화를 영원히 누릴 수 있는 조건은 딱 하나.

서열전에서 승리해 악마군주 오리아스로 하여금 지금의 위치를 사수할 수 있게 할 것!

서열전을 시작하면서 지금까지 동탁의 성적은 그냥저냥 평범한 수준이었다.

어떨 땐 승리하고 어떨 땐 패배하고……. 어쨌거나 악마군주 오리아스의 서열과 마력량을 현상 유지하게 해주었다.

현재 악마군주 오리아스의 서열은 60위.

동탁과 계약하기 전에는 59위였으니, 그럭저럭 선방을 한 셈이었다.

치열하고 끝이 없는 악마군주들의 무한경쟁 속에서 긴 세월 이만큼 선방한 것만으로도 공이 있다고 할 수 있었다.

물론 뛰어난 활약이었다고 말하기도 힘들지만, 악마군주 오리아스로서는 선뜻 동탁을 버리고 다른 인물로 계약자를 교체하기도 애매한 상황.

새로운 계약자는 그만큼의 기대감과 리스크를 동반한다.

단적으로 악마군주 그레모리를 보면 안다.

이전에 계약자를 잘못 만나서 최하위까지 서열이 추락해 상급 악마들로부터 도전까지 받는 굴욕을 겪었다.

하지만 지금은 어떠한가?

이번에는 뛰어난 계약자를 만나 그 짧은 시간에 벌써 여기까지 치고 올라왔다.

그처럼 누군가는 성공하는가 하면, 또 어떤 계약자는 실패하기 때문에 악마군주 오리아스로서는 현상 유지나마 해주는 동탁을 쉽게 버릴 수 없는 것이었다.

그렇다고 계약자인 동탁이 그걸 믿고 마음대로 악마군주 오리아스를 쥐락펴락하느냐 하면 그건 결코 아니었다.

서열전의 주역이 계약자들이라고는 하나, 어디까지나 주체는 악마군주들이었다.

대부분의 계약자들은 결국 승률이 세월의 흐름에 따라 등락곡선을 그리며, 승률이 하강할 때쯤 악마군주는 어김없이 계약자를 갈아치운다.

계약 조건에 따라 계약이 해지되었을 때의 처우가 달라지는데, 동탁의 경우는 계약자의 지위를 잃을 시 어김없이 지옥행이었다.

'그럴 수야 없지.'

계약자들은 끊임없이 이기기 위해 노력해야 한다.

악마군주들이 끊임없이 재능 있는 유망한 차기 계약자를 수색해야 하듯이 말이다.

'이제는 슬슬 이겨야 하는 타이밍인데, 상대가 좋지 않군.'

그레모리가 새로운 계약자와 함께 무서운 기세로 상승하고 있다는 소식은 마계에 널리 알려진 핫이슈였다.

딱 한 번 패배한 적이 있지만 그나마도 곧바로 재도전해서 더 큰 배팅으로 이겼으니, 사실상 승리라고 봐야 했다.
그렇듯 실력이 심상치 않은 계약자이기에 동탁은 머리를 굴렸다.
동탁은 살아생전에도 그랬지만, 자기보다 권세 높은 이의 눈치를 보는 데는 거의 초능력자급이었다.
악마군주 오리아스의 눈치를 끊임없이 보며 승패 관리를 해왔기 때문에 지금껏 버틸 수 있었다.
'그 실력 넘치는 신인 놈과 붙기 전에 일단 승리를 따두어야겠다!'
그렇게 생각해서 위 서열로 도전을 감행했다.
하지만 도전은 실패.
2만 마력을 내주면서 60위에 그대로 주저앉고 말았다.
그러는 사이에 악마군주 그레모리는 또 승리를 거두어 62위가 되었다.
게다가 본래 61위였던 악마군주 안드레알푸스가 큰 배팅에서 져 추락하는 바람에, 그레모리가 61위로 다시 한 계단 올라왔다.
마침내 동탁은 그 무서운 신입 계약자 녀석과 싸울 수밖에 없는 처지에 놓였다.
심지어 그 바로 아래로 줄줄이 올라온 녀석들도 하나같이 심상치 않았다.
62위로는 악마군주 벨리알과 조아생 뮈라.
64위로는 악마군주 안드로말리우스와 오자서.

오자서는 수많은 고사성어를 만들어낸 말이 필요 없는 위인. 그리고 조아생 뮈라는 여포에 비견될 무력과 특출한 승부 감각을 지닌 맹장이었다.

여포는 초인적인 용맹을 지닌 무장이었으나, 때때로 이상하게 겁이 많아 일을 그르칠 때도 있었다.

그런데 조아생 뮈라는 뭘 잘못 먹었는지 겁대가리를 완전히 상실했다.

일전에 싸워봤었는데 뇌가 없는 것 같은 조아생 뮈라의 광전사 같은 투지에 학을 뗀 적이 있는 동탁이었다.

'이번에도 패배하면… 자칫 잘못하면 줄줄이 연패에 빠져 버린다.'

그랬다가는 지금껏 유지해 왔던 승패의 균형이 깨져 버린다.

악마군주 오리아스로부터 신임을 잃게 되는 것이다.

'하는 수 없지. 비상수단을 써야 하나.'

동탁은 입맛을 다셨다.

마력이 아까워서 그동안 미뤄왔던 것을 해야 할 차례인 듯했다.

*　　　　*　　　　*

"준비는 끝나셨나요?"

"예."

이신은 고개를 끄덕였다.

기병 활용에 유리한 전장들을 전부 숙지하고 모의전을 통해 연마했다.

전략도 수립되었다. 이제 도전해서 승리를 가져오는 일만 남았다.

"제 손을 잡으세요. 놓으면 안 되는 것 아시죠?"

"예."

이신은 그레모리의 손을 잡았다.

두 사람은 텔레포트해서 악마군주 오리아스의 궁전으로 갔다.

파앗!

공간이 일그러지더니 눈 깜짝할 사이에 환경이 변했다.

악마군주 오리아스의 궁전은 이신이 듣도 보도 못한 건축양식으로 되어 있었다.

단 1층.

위로 올라가는 계단 같은 것은 존재하지 않았다.

다만 그 1층이 광활한 평야처럼 매우 넓었다.

쿠르르르르!

멀리서 복도 코너 저편에서 바퀴가 거칠게 굴러가는 굉음이 들려왔다.

이윽고 코너를 돌아 나타난 것은 황금으로 된 거대한 전차!

그리고 전차를 몰고 있는 존재는 두 발로 서고 양손에 채찍과 고삐를 쥔 사자였다.

사람처럼 직립보행을 하고 의복을 입고 있는 것도 이상한데,

거대한 전차만큼이나 덩치가 태산 같아서 더욱 괴이했다.

옆에 함께 타고 있는 거구의 사내 동탁이 난쟁이처럼 작아 보일 지경이었다.

그 엄청난 위용에 압도당한 이신은 저도 모르게 잡고 있는 그레모리의 손을 더욱 꽉 힘주어 쥐게 되었다.

아무리 이신이라도 사람인 이상 악마군주의 위용 앞에 기가 질리는 것이 정상이었다.

그러자 두려워할 필요 없다는 듯이 그레모리의 손으로부터 따스한 기운이 밀려왔다.

그제야 이신은 반지의 힘을 깜빡했다.

'이럴 때 쓰라고 했었는데 잊고 있었군.'

현실 세계에 있을 때는 워낙에 멘탈이 갑이라 마음이 동요할 일이 없었기에, 반지의 힘을 사용하는 것이 습관화되지 않은 것이었다.

반지에 마력을 주입하자 그제야 안락한 기분이 들어 평온해졌다.

이제 악마군주 오리아스가 일부러 겁박을 주려고 기세를 일으키지 않는 이상 겁먹을 일이 없었다.

"반갑군!"

동화 속 캐릭터처럼 직립보행을 하는 거대한 사자 형상을 한 오리아스가 그레모리를 내려다보며 말했다.

물론 동화 속 캐릭터와 달리 오리아스는 저 거대한 주둥이로 사람을 몇이나 씹어 먹을 것처럼 위험하고 광포해 보였다.

목소리마저도 으르렁거리는 사자 울음소리와 비슷했다.

"오랜만이구나, 악마군주 오리아스."

"한창 하락세였을 때는 아쉽게도 붙을 일이 없더니, 상승세일 때 이렇게 만나게 되니 고약할 노릇이군."

오리아스의 엄살에 그레모리는 눈웃음을 짓는다.

"약한 소리를 하는군. 긴 세월 간 큰 등락 없이 성세를 유지한 몇 안 되는 악마군주들 중 하나면서."

"그것도 나름대로 고충이 있는 터라 좋다고 말할 수가 없군. 아무튼 이렇게 만나게 되었으니 어디 한번 겨뤄보지. 어느 쪽이 더 뛰어난 계약자를 손에 넣었는지를 말이지."

"좋지."

두 악마군주가 대화하는 동안 이신 역시 동탁과 눈을 마주했다.

시선이 마주치자 동탁은 넉살 좋게도 씨익 웃어 보였다.

그것은 도발처럼 보이기도 했지만 이신은 별다른 동요가 없었다.

프로 생활을 하면서 수차례 마주쳐 본 유형 중 하나였다.

넉살 좋고 유들유들하면서도 뻔뻔하기도 하고 거침없이 시비를 걸고 도발할 줄도 안다.

특히 외형적인 성향이 두드러지는 서양이나 공격적인 중국 쪽 프로게이머들에게 저런 유형의 인간이 많았다.

e스포츠는 처절한 승부의 세계.

땅과 자원을 놓고 전쟁을 벌여 상대를 멸망으로 몰아넣는 처절한 경쟁이었다.

당연히 상대에 대한 매너나 상대에 대한 배려 등을 집어치우고 승부를 즐기는 유형의 선수들도 얼마든지 있고, 이신 또한 수많은 도발을 당해왔다.

그리고 이신은 그런 상대에게 져 본 적이 없었다.

이신은 날카롭게 벼려진 검이었다.

검집에 들어가 있을 땐 조용하나, 한 번 뽑으면 그러한 거친 선수들보다도 오히려 더 예의·배려를 차릴 줄을 몰랐다. 상대를 괴롭게 만드는 악마적인 플레이를 즐겼다.

그런 성격을 잠자코 드러내지 않고 있기에, 동탁이라는 맹수 같은 사내 앞에서도 별반 감정을 품지 않는 것이었다.

"넌 뭘 하던 작자야?"

이신이 아무 반응 없자 동탁이 이번에는 말을 걸어왔다.

이신은 그런 동탁의 심리를 감지했다.

어떻게든 자신의 반응을 보고 싶어 한다. 왜냐하면…….

'내가 두렵기 때문이지.'

말이나 행동으로 도발하는 이유는 대개는 상대를 알고 싶기 때문이었다.

상대의 반응을 보며 이런 사람이구나, 하고 형태를 머릿속에 그리고 싶어 한다. 알 수 없는 미지의 존재로 머릿속에 남긴 채 싸움에 임하고 싶어 하지 않는다.

그런 묘한 심리적 성질을 알게 된 것은 프로 데뷔 후 2년 차에 접어들면서였다.

"꼴을 보니 군인은 아닌 것 같은데. 내 말이 맞지?"

동탁은 계속 말을 건넨다.

"왜 말이 없어? 겁을 먹었나? 푸하하하!"

이신의 반응을 보고 싶어서 점점 도발의 수위가 높아지고 크게 웃기도 했다. 그것은 역시나 치열한 난세를 살았던 동탁의 본능과 같은 행동이었다. 저런 것에 일일이 날 세워 대응하면 지고 들어가는 것이었다.

이신은 주눅 들지도, 상대를 비웃는 기색조차도 없이 그냥 가만히 동탁을 응시했다.

"흥, 뭔 벙어리 같은 놈이 다 있어? 재미없는 녀석이군."

도리어 자신이 상대에게 관찰을 당하니 동탁은 기분이 안 좋은지 떨떠름한 표정이 되었다.

그러는 동안 악마군주들 간에는 대화가 마무리되고 있었다.

"배팅할 마력은 1만, 전장은 제12 전장 레틴이다."

"배팅이 작구나."

"숨 고르고 신중할 때를 알아야 추락을 모면하는 법이지."

"좋아. 마신께서 정하신 율법상, 그것을 정하는 건 피도전자의 권리이니."

오리아스가 채찍을 고쳐 쥐자, 동탁이 전차의 틀을 붙잡으며 이신에게 말했다.

"그럼 전장에서 보자고, 친구!"

이신은 끝까지 아무런 반응도 보여주지 않았다.

쫘악!

오리아스가 채찍을 휘두르자 멀쩡했던 공간이 찢어지며 큼직한 균열이 생겼다.

쿠르르르!

히히히힝!

네 마리의 말들이 끄는 거대한 황금 전차가 질주해 균열 안으로 진입해 사라졌다.

"우리도 가요. 제12 전장 레틴인데 자신 있나요?"

"그 전장을 고를 확률이 40% 이상이라고 생각했습니다. 다 준비됐습니다."

제12 전장 레틴은 중앙 지역이 광활한 평지.

게다가 본진과 앞마당과의 거리가 멀어 초반에 약한 휴먼이 시작부터 앞마당에 마력석 채집장을 차리기가 어려웠다.

이신이 동탁이었어도 레틴을 전장으로 골랐을 터였다.

"역시 든든하네요."

그레모리는 웃으며 텔레포트를 했다.

그렇게 서열전이 시작되었다.

제12 전장 레틴은 휴먼으로서는 까다로운 전장이라 할 수 있었다. 본진과 앞마당의 거리가 먼 편이기 때문이다.

방어에 건물 배치가 필수적인 휴먼은 초반에 앞마당을 쉽사리 가져갈 수가 없다.

충분한 수비 병력과 전략적인 건물 배치 심시티가 없이는 앞마당의 안전을 장담하기 어렵다.

그래서 이신이 택한 것은 안전.

일단은 본진에서만 마력을 채집하며 병력을 키우기로 했다.

앞마당을 늦게 가져가는 대신, 이신은 테크 트리를 최대한 빨리 올리는 운영을 짰다.

병영과 식량창고로 출입구를 막아 약간의 빈틈만 남겨놓았다. 그리고 병영에서 첫 궁병으로 로빈 후드를 소환했다.

"앞마당 앞까지 나가 있다가 적 정찰이 오면 사살해라."

"옛!"

로빈 후드가 뛰어나갔다.

이신은 로빈 후드 외에는 궁병을 소환하지 않았다. 병력도 최소한으로 소환하고, 오직 빠르게 테크 트리를 올린다는 계획이었다.

그래야 앞마당을 늦게 가져간 손해를 만회할 만한 이점이 생긴다는 판단이었다.

'방어는 정찰로 상대를 봐가며 해도 된다.'

초반에는 병력을 최대한 적게 소환할수록 그 마력을 테크 트리 올리는 데 사용할 수 있다.

방어에 투자한 비용이 적을수록 테크 트리 올라가는 속도가 빨라진다.

물론 위험을 감수하는 도박 같은 플레이는 아니었다.

빠르게 정찰을 보낸 콜럼버스가 동탁의 동태를 확인하고 있었다.

만약 동탁이 초반에 오크 전사를 소환해서 찌르기를 시도할 경우, 본진 출입구를 완전히 봉쇄해 버릴 생각이었다.

"발견했습니다!"

콜럼버스가 동탁의 진영을 발견했다.

동탁은 이미 앞마당에 마력석 채집장을 건설하고 있었다. 그 역시 가진 병력이라고는 보초를 세워놓은 오크 전사 2명이 전부였다.

이신이 초반에 공격해 오지 못한다는 것을 알고 있는 눈치였다.

'초반에 찌르기를 시도하면 오히려 더 좋아할 테니까.'

초반에 공격을 시도하려면 필연적으로 병영에서 궁병·창병·방패병 등을 소환해야 한다.

그런데 그러한 병영 병력은 기동력이 느려 동탁의 주력이라 생각되는 오크창기병·오크궁기병의 밥이 되어 버린다.

그래서 이신은 동탁이 빠르게 앞마당에 마력석 채집장을 건설해 부유한 출발을 하는 것을 지켜볼 수밖에 없었다.

'그나마 안전을 위해 오크 전사를 2명이나 소환했군.'

그에 비해 이신은 궁병 1명이 전부이니, 아주 나쁜 출발이라고 보기도 힘들었다.

[특수병영이 완성되었습니다. 기사와 공병을 소환할 수 있습니다.]

테크 트리 올리는 데 열중한 보람이 나타났다.

이신은 상당히 빠른 타이밍에 공병을 소환했다.

공병으로 소환된 사람은 바로 사도 마르몽이었다.

"소환해 주셔서 감사합니다!"

"지체할 시간이 없다. 바로 투석기 지어."

"예!"

마르몽이 투석기 제작에 들어갔다.

그때 전진 배치시켜 놓았던 로빈 후드가 적의 정찰을 발견했다.

쉬— 콰악!

"취익!"

오크노예가 비명을 질렀다. 로빈 후드는 센스 좋게도 오크노예의 오른발에 화살을 적중시켰다.

덕분에 발이 느려진 오크노예를 놓치지 않고 처치할 수 있었다.

한편, 콜럼버스는 계속 동탁의 진영을 돌아다니며 모든 것을 훤히 보았다.

앞마당과 본진을 넘나들면서 동탁이 예상대로 오크창기병·오크궁기병 체제로 갈 준비를 하고 있음을 눈으로 확인했다.

"취익! 거기 서라!"

"푸하하, 느림보 녀석들! 내가 이 짓만 몇 번째인데 너희들에게 잡히겠느냐?"

방어구 가죽부츠로 이동 속도가 5% 상승된 콜럼버스는 오크 전사 2명의 추격에도 붙잡히지 않았다.

이동 속도도 속도지만 요리조리 도망치는 요령에는 거의 도가 튼 콜럼버스였다.

정찰을 거의 전담하다 보니 이신이 일일이 지시하지 않아도 무엇을 확인해야 하는지 훤히 알고 있는 콜럼버스였다.

"계약자님, 생각대로입니다! 앞마당 일찍 가져가고 기병을 왕창 뽑아낼 모양인데요?"

이제는 아예 전략적 식견까지도 어느 정도 생겼을 정도였다.

"한 30초쯤 지나면 오크창기병이 생산될 것 같습니다! 저 계속 여기서 정찰할까요?"

'중앙 지역까지 빠져 있어.'

"예!"

이신은 정확하게 계산된 지점까지 콜럼버스를 물렸다.

상대의 오크창기병이 오고 있는 것을 육안으로 발견했을 시, 추격당해 살해되기 전에 아슬아슬하게 본진까지 도망쳐 올 수 있는 위치였다.

이신은 특수병영을 늘려 짓고 기사를 소환했다.

노예 둘에게 명령을 내렸다.

"앞마당 앞에 식량창고를 지어라."

"옛!"

"맡겨주십시오!"

노예 둘이 앞마당까지 나가 각각 식량창고 2개를 연결해서 지었다.

앞마당으로 들어오는 통로를 심시티로 좁혀놓은 것.

식량창고 2개가 완성될 때쯤, 기사 3기와 투석기 1기의 병력이 마련되었다.

정밀한 운영.

타이밍에 딱딱 맞아 떨어졌다.

'이 정도면 됐다.'

비로소 이신은 앞마당에 마력석 채집장을 새로 짓기 시작했다.

앞마당을 어느 정도 방어할 수 있는 병력이 마련되었기 때문이었다.

이신이 생각하는 조합은 기사와 투석기였다. 이제 앞마당에서 마력을 채집하기 시작하면 기사와 투석기를 대량으로 생산할 수 있게 되는데 그때부터가 승부였다.

그때쯤 동탁이 보유하게 될 대량의 기병 대군만 막아내고 나면 장기전이 된다.

장기전에서 이신은 동탁을 상대로 지지 않을 자신이 있었다.

운영 능력은 자신이 우위에 있다고 판단했기 때문.

아닌 게 아니라, 콜럼버스의 정찰을 통해 본 동탁의 운영은 형편없었다.

척 봐도 오크창기병이 나오는 타이밍이 이신이 예상했던 것보다 15초가량 늦었다.

'예상대로 계산에 능한 타입이 아니야.'

이신이 모의전에서 오크를 골라 연구했을 땐, 동탁보다 훨씬 빨리 오크창기병을 소환했다.

오크전사 2명을 소환했다는 점을 감안해도, 동탁은 최적화를 제대로 못 하고 있었다.

일꾼의 숫자, 건물 짓는 타이밍 등 테크 트리의 최적화 능력이 이신보다 현저히 떨어졌다.

개념의 차이였다.

프로게이머인 이신에게는 1초라도 더 시간을 절약한다는 개념이 존재했는데, 동탁에게는 그게 부족했다.

시간 1초, 마력 1 귀한 줄을 모르는 방만한 운영.

결국 전투를 잘해서 크게 이기는 게 승부의 핵심이라는 생각밖에 없는 것이었다.

'싸움에서 지지만 않으면 된다.'

병력이 불리할 땐 안 싸운다.

유리한 지형에서 싸워주지도 않는다.

상대 병력과 맞닥뜨렸을 때, 이길 수 있을지 견적을 잡고 전투 여부를 결정하는 판단력은 e스포츠 역사상 최고 수준인 이신이었다.

앞마당에 마력석 채집장이 완성되었다. 비로소 마력 채집량이 대폭 늘어나기 시작했다.

4개까지 늘어난 특수병영에서 기사들과 공병이 꾸준히 소환되었다.

기사와 공병들이 제작하는 투석기의 비율은 7 대 3 정도로 완벽한 조합을 이루고 있었다.

기사+투석기 대 오크창기병+오크궁기병의 대결.

'투석기가 제대로 자리를 잡고 싸우면 질 리가 없지.'

투석기 포격 지휘는 오귀스트 마르몽이, 기사단은 서영이 지휘한다.

빈틈 같은 건 없었다. 변수가 있다면 두 가지.

첫째, 동탁이 얼마나 많은 병력을 생산했느냐.

둘째, 동탁의 악마로서의 능력이 어떤 식으로 발현되느냐.

*　　　*　　　*

"으음, 저 녀석……. 역시 병법을 아는 녀석인데."

동탁이 투덜거렸다.

어느 정도 병력이 갖춰지기 시작하자, 동탁은 오크창기병 1기로 하여금 적진을 염탐하게 했다.

이신이라고 했던가. 상대는 역시나 예사롭지 않았다.

앞마당으로 통하는 통로를 건물 배치로 좁혀놓고 기사와 투석기를 배치해 방비해 놓았다.

그 방비를 보니, 전투 경험이 풍부한 동탁으로서는 칠 엄두가 나지 않았다.

그렇게 완벽하게 방비부터 해놓은 뒤에야 비로소 마력석 채집장을 건설하는 철두철미함!

조금도 빈틈이 없는 상대의 모습을 보니 슬그머니 불안감이 들었다.

'확실히 수적으로는 내가 유리하니까 당분간은 나올 생각을 못 하겠지?'

동탁도 나름대로 머리가 돌아가는 인물이었다. 그렇지 않고

서야 지금껏 악마군주 오리아스의 계약자로 활약하지 못했을 것이다.

마력석 채집장은 빨리 가져갈수록, 그리고 많을수록 마력이 많아지고 그것이 고스란히 병력 규모로 이어진다는 개념을 잘 이해하고 있었다.

상대가 밖으로 싸우러 나오지 않는 이상, 동탁의 선택지는 두 가지였다.

'그냥 확 눈 감고 쳐들어갈까, 아니면 마력석 채집장을 더 가져갈까?'

보통은 병력을 전진 배치해 상대가 나오지 못하게 봉쇄하고, 이쪽은 마력석 채집장을 더 가져가 마력 우위를 확보하는 길이 가장 안전한 선택이었다.

아마 상대도 그렇게 예측하고 있을 터였다.

'하지만 내가 마음먹고 친다면 또 이야기가 달라지거든.'

동탁도 사도 5인을 거느리고 있었는데, 그중 4명이 오크창기병이고 1명은 오크궁기병이었다.

오크궁기병 사도는 빙의를 할 수 있어, 동탁이 직접 빙의해 활을 쏘고 능력을 발휘할 수 있었다.

5사도가 모두 집중된 막강한 전력이라면, 상대가 아무리 방비를 잘해놨어도 뚫을 수 있을지도 몰랐다. 게다가 동탁은 비장의 카드가 하나 더 있었다.

신입 계약자인 상대는 아직 모르는 카드가 말이다.

'좋아, 간다!'

동탁은 전 병력을 이끌고 출진했다.

위풍당당한 기마군단이 단숨에 진격해 이신의 앞마당 앞까지 당도했다.

거기서 일단 동탁은 한 가지 꾀를 썼다.

병력을 부채꼴로 넓게 포진해 들어갈 의도는 없고 단지 상대가 나오지 못하게 봉쇄하려는 것뿐이라고 모양새로 보여주는 것.

그리고 상대가 미처 예상 못 한 틈에 돌격해 단숨에 방어를 뚫을 계획이었다.

'기사가 주력인가 본데.'

기사들이 앞마당 앞을 지키고 있는 것을 보고 동탁이 생각했다.

기사가 있다는 것은 특수병영을 지었다는 뜻.

특수병영이 있고, 방비를 철저히 해놓았다면, 당연히 투석기도 후방에 배치되었을 터였다.

동탁은 슬슬 칠 준비를 하고 있었다.

그런데 바로 그때였다.

[적이 출현했습니다!]

갑자기 머릿속에 떠오르는 메시지.

놀란 동탁이 자기 진영을 살펴보니, 열기구 1대가 언덕 너머로 날아오고 있었다.

'뭐?!'

열기구에서 기사 2기가 내렸다.

"죽여!"

"아직 대응을 못하고 있어! 바로 돌격!"

기사 2기는 곧바로 기술 돌격을 시전했다.

"취이익!"

"취익! 아프다!"

마력을 채집하고 있던 오크노예들이 기사 2기의 돌격에 얻어맞고 크게 타격을 받았다.

그 돌격 한 번에 오크노예가 4명이나 죽었다.

그뿐만이 아니었다.

'기사가 2기밖에 없어?'

동탁은 직감적으로 위험을 감지했다.

열기구에 탑승할 수 있는 기사의 숫자는 총 4기.

그런데 2기밖에 안 내렸다는 것은,

'언덕 위에 투석기를 조립하고 있구나!'

언덕 위에서 투석기가 바위를 쏘고, 아래에서 기사 2기가 날뛰면 골치가 아파진다.

상대는 야비하게도 근처에서 잠복했다가 자신이 병력을 끌고 나갔을 때 들어간 것이다.

'오크노예는 본진으로 대피!'

일단은 일을 계속해 줘야 하는 오크노예부터 대피시켜야 했다.

새롭게 소환되는 오크창기병과 오크궁기병으로 기습을 진압할까 생각했지만, 마음을 고쳐먹었다.

언덕 위에 곧 조립될 투석기가 골치였다.
오크궁기병이 언덕 위를 향해 화살을 쏠 수 있지만, 언덕 위에서 바위를 날리는 투석기보다 공격력이 강하지는 않다.
'일단 저것부터 진압해야겠구나!'
동탁은 끌고 온 기마군단 중 오크궁기병만 10기 빼서 앞마당으로 되돌려 보냈다.
압도적인 병력으로 저 골치 아픈 기습부터 진압할 생각이었다.
'피해가 좀 있지만 투석기 1대와 열기구 1대를 잡아내면 나도 손해는 아니야.'
그런데 시간이 흐르자 이상한 점이 느껴졌다.
언덕 위에서 도통 바위가 날아올 생각을 안 했다.
지금쯤 투석기가 조립되고도 남는 시간이었다.
'아차!'
비로소 동탁은 자신이 속았다는 것을 깨달았다.
열기구에 투석기가 없었다.
동탁을 오판시키기 위해 일부러 기사를 2기만 태워 보낸 것이다!
그리고 그렇게 속임수를 쓴 이유는,
[적의 공격을 받았습니다!]
오크궁기병 다수가 진영으로 되돌아간 틈을 타, 웅크리고 있던 이신이 전 병력을 꺼내들고 공격에 나섰다.
하지만 이신의 병력은 많지 않았다.

'저 정도면 싸워볼 만한데?'

이신의 진영 앞마당에서 뛰쳐나온 기사들을 보고 동탁이 그렇게 생각하고 있을 때였다.

슈웅— 콰아앙!

"취이익!"

"히히힝!"

바위가 날아와 오크창기병 무리 한복판을 강타했다.

1기가 사망하고 대열이 흐트러졌다.

동탁은 소스라치게 놀랐다.

'투석기를 언제 여기까지 전진배치를!'

답은 하나였다.

보이지 않는 곳에서 이신은 은밀히 투석기 몇 기를 분해한 뒤에 전진해서 재조립시키고 적당한 타이밍이 올 때까지 공격을 하지 않고 있었던 것.

동탁의 기마군단의 대열이 투석기의 공격으로 인해 무너진 틈을 타 기사들이 달려들었다.

'쳇, 후퇴해라!'

동탁의 명령이 모두에게 전달되었다.

이 상태로 싸우면 피해가 크다. 일단은 물러난 뒤에 재정비해야 했다.

이신도 투석기 사거리 밖까지 쫓지는 않았다. 대신 서서히 방어선을 위로 끌어 올리기 시작했다.

방어선을 끌어 올리는 솜씨도 상당했다.

후방에 있던 투석기부터 분해한 뒤에 전진시켜서 재조립했다. 그와 함께 기사들도 전진시키고 그곳에 화살탑을 건설해 방어선을 보강했다.

방어선을 밀어 올리는 이 일련의 과정은 동탁이 돌려보냈던 오크궁기병들을 다시 합류시키기 전에 끝났다.

화살탑에도 궁병 4명이 들어갔다.

'으음!'

동탁은 나직이 신음을 했다.

상대의 움직임이 매우 기민한 데다가 모든 행동에 다 의미가 있었다.

저렇게 방어선을 끌어 올리는 이유는 단 하나, 옆 지역에 새로운 마력석 채집장을 가져가기 위해서였다.

새롭게 가져갈 마력석 채집장을 보호하기 위하여 방어선을 다시 구성한 것이다.

앞마당을 기습해 흔들고, 치고 나와 압박 병력을 물러나게 만들고, 방어선을 올린 뒤에 추가로 마력석 채집장을 가져간다!

처음부터 끝까지 의미가 연결되는, 아귀가 딱딱 맞아 떨어지는 운영이었다.

'역시, 이 정도 실력을 가지고 있으니 승승장구를 했군.'

하지만 아직까지는 자신이 우위에 있다고 동탁은 생각했다.

자신은 병력을 자유자재로 기동할 수 있지만, 이신은 투석기와 함께 움직여야 하기 때문에 제한적이었다.

그렇다면…….

'나는 마력석 채집장을 2개 더 가져가면 되지!'

아예 마력 채집량에서 우위를 점해서 병력차를 더 벌려놓겠다는 의지였다.

그러면 상대도 그걸 가만히 지켜보지는 않을 터.

결국은 저쪽에서 먼저 나와 싸움을 걸어야 한다. 그때 맞받아쳐서 승부를 낸다!

동탁은 전략이 정해지자 즉각 실행에 옮겼다.

오크노예들을 시켜서 2군데 지역에 마력석 채집장을 새로이 건설케 했다.

오크노예도 계속 소환해서 기습을 당해 받은 피해를 복구했다.

그러기 위해서 병력 생산은 잠시 중단한 동탁이었다.

그런데 그때였다.

방어선에 배치되어 있던 투석기들 일부가 분해되어 앞으로 전진하는 것이 목격되었다.

그러고는 동탁의 병력이 사정거리에 들어오는 위치에서 다시 조립을 시작했다.

'뭐지?'

뜬금없이 공격적인 이신의 움직임에 동탁은 의아스러웠다.

동탁은 투석기들이 조립 완료되기 전에 병력을 뒤로 물렸다. 그러자 다시 뒤쪽에 있던 나머지 일부 투석기가 다시 분해되었다. 그러고는 공병들이 그것을 끌고서 보다 앞선 위치로 이동시켜서 다시 조립하는 것이었다.

느리지만 그것은 명백한 전진이었다.

동탁은 이신이 왜 갑자기 방어선을 풀고 전진하는 것인지 이해할 수 없었다.

'확 쳐 버릴까?'

다시 전진 배치되는 투석기의 사거리를 피해 물러나야 할지, 확 들이받아 버릴지 갈등하는 동탁.

그때, 한 발짝씩 전진하는 투석기와 함께 기사들도 일제히 전군을 시작했다.

'그렇군.'

동탁은 나름대로 판단을 내렸다.

'내가 마력석 채집장을 2개나 가져가는 걸 보고 가만히 있을 수 없어서 전진하는 모양이야.'

그렇다면 계획대로 되고 있는 것이었다.

'이건 기회다!'

이신은 투석기를 절반씩 전진시키고 있었다.

투석기를 모두 다 분해했을 때 동탁이 치고 들어오면 위험해지기 때문이었다.

하지만 어쨌거나 투석기의 화력이 절반으로 깎인 것은 매한가지.

'꺾어버린다!'

동탁은 흥분되기 시작했다. 이길 수 있는 찬스가 왔다.

'전 병력 집합!'

오크노예를 소환하고 마력석 채집장을 2군데나 건설하느라 병력 소환을 잠시 쉰 상태. 하지만 그것은 이신도 마찬가지였다.

그렇다면 병력 규모나 배치 상태나 지형이나 명백한 동탁의 우위였다.

'공격!'

동탁이 칼자루를 뽑아 들었다.

'사도들은 앞장서서 놈들을 밀어버려라! 투석기가 최우선 목표다!'

"취이익!"

"죽여라, 취익!"

"명령에 받듭니다, 취익!"

오크창기병과 오크궁기병이 일렬로 선 대형으로 돌격했다.

밀집된 대형을 띠지 않는 이유는 상대의 투석기에 당하는 피해를 최소화하기 위함이었다.

* * *

'왔군.'

이신은 냉정하게 동탁의 돌격을 관찰하고 지시를 내리기 시작했다.

'서영.'

"예, 계약자님!"

'돌파해 버려.'

"옛!"

서영은 이신이 왜 돌파 지시를 내렸는지 알고 있었다.

동탁은 투석기의 바위에 받는 확산 피해를 막기 위해 밀집된 진형이 아닌, 일렬횡대로 늘어진 진형을 택한 것이었다.

중앙 돌파를 당하기 딱 좋은 형태였다.

"우리도 가자!"

서영이 기사들을 이끌고 공격에 나섰다. 일전에도 보였던 방추형 대형으로 뭉친 채 동탁의 기마군단을 향해 돌진했다.

그러자 오크궁기병들이 일제히 화살을 날렸다.

"눈먼 화살 따위에 맞지 마라!"

그렇게 소리치며 서영은 앞장서서 오크창기병들을 향해 뛰어들었다.

콰지직!

"취익!"

서영의 장창이 일격에 오크창기병의 목을 꿰뚫었다.

"취익, 인간 따위! 취익!"

다른 오크창기병이 덤벼들자 서영도 물러섬 없이 맞섰다. 2합을 겨루다가 서영의 장창이 오크창기병의 옆구리를 찔렀다.

"크악!"

비명과 함께 비틀거리는 오크창기병.

"차압!"

서영은 벼락같이 달려들어 목을 쳐 마무리 지었다. 그러고는 기사들에게 명령했다.

"돌격!"

기사들이 일제히 기술 '돌격'을 시전했다.

저돌적으로 질주하는 기사단!

그 앞을 가로막던 오크창기병과 오크궁기병 다수가 짓밟혀 버렸다.

그들은 그대로 동탁의 병력을 돌파하여 양분해 버렸다.

"우오오오!"

"돌파했다!"

"놈들이 양분됐어!"

기뻐하는 기사들. 그러나 싸움은 이제부터 시작이었다.

"네 이놈, 서영!"

멀리서 웬 오크궁기병이 호통을 쳤다. 오크답지 않게 취익거리는 특유의 소리가 없었다.

서영은 그 오크궁기병이 동탁이 빙의된 사도임을 한눈에 알아차렸다.

"동탁이냐?!"

"네놈이 거기에 붙었구나!"

그 말에 서영의 두 눈에서 불똥이 튀었다.

"내가 그토록 충성했거늘 헌신짝처럼 버리더니 적반하장이구나! 내 오늘 널 가만두지 않겠다!"

서영은 그대로 동탁을 향해 달렸다.

동탁은 클클 웃었다.

"넌 마지막까지도 날 위해 싸우게 될 것이다."

동탁이 서영을 향해 두 손을 뻗었다.

"나를 따라라! 내게 복종해라!"

[계약자 동탁 님께서 고유 능력을 사용합니다.]

[계약자 이신의 사도 서영을 일시적으로 복종시킵니다.]

[200마력이 소모됩니다.]

안내음이 계속 떴다.

그랬다.

동탁의 능력은 적과 동료의 호의를 얻는 것.

그리고 중급 악마로 승급하자 그것은 호의는 복종으로 바뀌었다.

서열전에서는 이 능력을 한 번 사용할 때마다 무려 200마력이 소모되지만, 아깝지가 않았다.

서영은 이번 전투에서 기사들을 지휘하는 중요 역할을 맡고 있는 놈이었기 때문이었다.

'흐흐, 저놈을 내 편으로 만들어 버리면 놈들의 지휘체계가 엉망이……!'

그런데 바로 그때였다.

"무슨 개소리냐—!"

버럭 호통치는 서영.

[사도 서영의 능력 평정심을 사용합니다.]

[본인 및 아군을 각종 혼란에서 회복시킵니다.]

[서영이 계약자 동탁 님의 고유 능력 복종으로부터 회복되었

습니다.]

"뭐, 뭣?!"

동탁이 화들짝 놀랐다.

이신이 서영에게 부여한 능력 평정심은 놀랍게도 동탁 고유 능력의 카운터였다.

동탁에게 충성했지만 끝내 버림받은 서영이 그의 천적이 되어 나타난 것이었다.

"그 목을 쳐주마!"

"이, 이놈이?!"

부아가 치민 동탁이 활을 쏘았다.

서영은 날아드는 화살을 날렵하게 창으로 쳐 버렸다. 하지만 동탁 역시 궁술의 고수.

동탁은 말을 타고 달리면서 상체만 뒤돌아 활을 쏘는 묘기를 선보였다.

방향을 전환할 때마다 오른손으로도 쐈다가 왼손으로도 쏘는 등의 신기를 펼치기까지 했다.

하지만 날아오는 화살을 전부 쳐내며 끈질기게 추격하는 서영의 무예 또한 빼어났다.

그러는 와중에도 전투는 계속 전개되었다.

기사단의 돌파로 양분된 동탁의 병력은 아예 둘로 나뉜 채로 각기 따로 싸웠다.

한쪽은 이신의 투석기를, 또 한쪽은 서영이 지휘하는 기사단을 공격했다.

서열전이 실제 전투와 다른 점은 병력 하나하나를 지휘자가 전부 통제할 수 있다는 것.

때문에 중앙돌파를 당해 양분된 뒤에도 동탁의 통제에 잘 따르는 것이었다.

"거기 서라!"

서영이 계속 쫓아왔다.

점점 거리가 가까워지자 동탁이 급히 소리쳤다.

"크룰! 저놈을 상대해라!"

"취이익!!"

그러자 오크창기병 하나가 즉각 달려왔다.

유난히 큰 몸집에 창과 갑옷도 더 화려한 오크창기병 크룰은 동탁의 사도임이 틀림없었다.

"흥, 네깟 놈이!"

서영이 코웃음을 치며 크룰에게 마주 달려들었다.

채애앵!

1합.

카앙!

2합, 서영은 장창에서 느껴지는 묵직한 감촉에 놀랐다.

역시나 동탁이 아무 오크나 사도로 임명했을 리가 없었다.

'그래도 못 이길 정도는 아니다!'

서영은 이를 악물고 싸웠다.

한편, 동탁은 양분된 병력 중 한쪽을 끌고 투석기를 습격했다.

'투석기만 없애 버리면 나의 승리다!'

절반으로 나뉘어 앞뒤로 따로 배치된 투석기들.

동탁은 그중 앞서 있는 투석기들을 쳤다.

투석기들이 일제히 날리는 바위에 상당 병력이 넝마가 되었지만, 아랑곳하지 않고 돌격했다.

그리고 마침내 절반에 달하는 투석기들을 부숴 버렸다.

'이제 서영 녀석과 기사들을 박살 내놓고 나머지 투석기만 없애면……!'

거기까지 생각했을 때였다.

동탁은 문득 이상한 것을 보았다. 멀리서 한 무리의 인마가 달려오고 있는, 그런 이상한 풍경이었다.

지금 타이밍에 상대에게 저런 규모의 병력이 나타날 리가 없었다. 피차 마력석 채집장을 추가로 가져가느라 그럴 만한 여력이…….

'설마?!'

동탁은 갑자기 벼락을 맞은 것처럼 굳어버렸다.

한 가지 추측이 떠올랐다.

그 추측대로라면 저 병력의 정체도, 왜 이 타이밍에 먼저 공격을 시도했는지도 설명된다.

그리고 자신은 완전히 속은 셈이 된다.

동탁은 부르르 떨다가 버럭 소리를 질렀다.

"이놈! 마력석 채집장을 안 가져갔구나!"

마력석 채집장을 가져가는 척 속임수를 쓰고, 실은 병력을 모으는 데 집중했던 것!

그 결과물이 눈앞에 있었다.

질 드 레가 이끄는 기사들이 질풍처럼 달려오고 있었다.

그뿐만이 아니었다.

[적의 공격을 받았습니다!]

[적의 공격을 받았습니다!]

열기구가 순회공연을 하며 동탁의 마력석 채집장 두 군데에 기사를 2기씩 드롭했다.

동탁은 정신이 하나도 없었다. 절체절명의 위기였다.

'아직 비장의 카드가 있어!'

여기서 이기면 된다. 이 전투만 이기면 승리였다.

동탁은 마음이 급해졌다.

제2장

사도

이신은 승부수를 던졌다.

e스포츠로 따지자면 확장할 것처럼 속여 상대도 경쟁적으로 확장을 시도하게 만들고, 쥐어짠 병력으로 공격하는 전략이었다.

'이제 됐어. 동탁도 이제 급해졌다.'

전장의 중앙 지역을 놓고 벌어지는 사투!

중앙은 다른 모든 방면으로 길이 통하기 때문에 더없이 중요한 교통의 요지였다.

즉, 중앙을 빼앗기면 모든 곳이 상대의 공격 범위에 드는 것이다.

그러면 모든 마력석 채집장마다 수비 병력을 배치해야 한다는 뜻인데, 그것은 다른 말로 병력 분산이라고 하며 각개격파의 먹잇감이었다.

마력석 채집장을 무리하게 2개나 더 가져간 동탁.

추가 마력석 채집장 없이 쥐어짠 병력으로 타이밍 러시를 시도한 이신.

양측 모두 이 전투에서 물러설 수가 없었다.

'다행히 이제 한 고비 넘겼군.'

이신이 의도한 진짜 회심의 일격은 방금 전의 드롭.

열기구에 기사들을 태워 동탁의 새로운 마력석 채집장 2군데에 각각 2기씩 드롭해 큰 피해를 입혔다.

이제 동탁은 마력석 채집장이 대폭 늘어났음에도, 막상 일할 오크노예가 부족해 풍부한 마력 채집량을 얻지 못하는 처지에 놓였다.

그리고 지금은 한창 사투 중이라 병력을 더 충원해야 하지 오크노예를 소환할 틈 따윈 없었다.

이신의 예상대로였다.

"쳐부숴라!"

오크궁기병에 빙의된 동탁이 크게 소리쳤다.

2단으로 나눠 배치된 투석기 중 1선을 격파하는 데 성공한 동탁.

서영의 돌파로 병력이 분산되었음에도 그대로 분산된 채 무리하게 싸움을 감행했다.

때문에 투석기의 절반을 없애는 데 성공은 했어도 동탁 또

한 입은 피해가 컸다.

그런 무모한 행동은 동탁도 마음이 급해졌다는 것을 뜻했다. 하지만 이제 동탁은 사면초가였다.

양분된 병력의 한쪽은 서영의 기사단과 싸웠다. 그리고 동탁이 거느린 또 한쪽은 투석기를 걷어내느라 만신창이.

그 상태에서 이신이 몰래 비축해 놓은 추가 병력을 질 드 레가 이끌고 나타났다.

동탁이 이대로 물러나면, 이신은 여세를 몰아 즉각 전진해 그의 마력석 채집장 2곳을 완전히 밀어버릴 생각이었다.

바보가 아닌 이상 동탁이 그걸 모를까?

'넌 못 물러난다.'

이신은 냉소를 지었다.

급한 쪽은 동탁이니, 이신은 이제 급할 것 없이 방어선을 꾸렸다. 1선의 투석기들은 동탁에게 어느 정도 던져 준 것이나 다름없었다.

진짜는 2선.

2선의 투석기는 학익진 형태로 절묘하게 배치되어 있었다. 그리고 질 드 레가 이끄는 기사단이 합류.

'서영, 너도 잔존 병력을 끌고 합류해라.'

"옛!"

동탁의 사도 크룰과 사투를 벌이던 서영은 일기토를 포기하고 기사들을 끌고 질 드 레와 합류했다.

그렇게 강력한 방어선이 이루어졌다.

동탁은 지옥의 불구덩이 뛰어들 듯 이걸 그대로 들이받아야 했다.

“오냐, 이놈! 가주마!”

버럭 고함을 지른 동탁은 잔여 병력을 모두 모아서 돌격을 감행했다.

그 선두에는 동탁의 사도들로 보이는 화려한 무장의 오크창기병들이 앞장서고 있었다.

‘마르몽, 투석기 조준.’

“옛!”

이윽고 마르몽이 투석기를 다루는 공병들에게 지시를 내렸다.

“타깃은 적 선두에 선 못생긴 놈들이다. 내가 신호할 때까지 발사하지 마라!”

학익진으로 펼쳐진 투석기가 동탁 군을 향해 조준했다.

뿐만 아니라 질 드 레와 서영도 기사들을 이끌고 돌격 태세를 갖췄다.

투석기가 적 예봉을 꺾어놓으면 돌격해서 분쇄해 버릴 참이었다.

완벽하게 태세가 갖춰져 있을 때였다.

동탁이 소리쳤다.

“크룰! 에틴!”

“취이익!”

“취익!”

동탁의 사도 크룰과 에틴이 힘차게 소리쳤다.

그러더니 이신의 머릿속에 이상한 메시지가 떴다.

[계약자 동탁의 사도 하급 악마 크룰이 능력 거대화를 사용합니다.]

[계약자 동탁의 사도 하급 악마 에틴이 능력 거대화를 사용합니다.]

그러더니 두 오크창기병이 타고 있던 말과 함께 몸집이 2배로 커졌다.

그 광경도 놀랍지만 이신을 더 놀라게 만든 것은 따로 있었다.

'하급 악마라고?'

하급 악마는 1,000 이상의 마력을 지닌 존재를 일컬었다.

하급 악마 이상인 계약자는 많았다.

심지어 나폴레옹처럼 웬만한 악마군주보다 더 많은 마력을 보유한 괴물들도 최상위권에는 있다.

그런데 계약자가 아닌 사도도 하급 악마 이상이 될 수 있단 말인가?

'그러고 보니!'

이신은 나폴레옹과 만났을 때를 떠올렸다.

나폴레옹의 곁에는 그의 다섯 사도가 뒤따르고 있었다.

전장이 아닌 마계에서 어떻게 사도들이 소환된 채 나폴레옹을 따르고 있었을까?

이유는 하나였다.

'나폴레옹의 사도들도 악마가 되었던 거였다.'

악마군주급의 마력을 가진 나폴레옹.

당연히 휘하의 사도들에게 하급 악마 이상이 될 수 있는 마력을 부여하지 못할 리가 없었었다.

"발사!!"

그때, 마르몽이 타이밍 좋게 발사 명령을 내렸다.

투석기들이 일제히 바위를 날렸다.

슈웅― 퍼어엉! 퍼억!

"취이이익!"

몸집이 2배로 거대화된 탓에 적중시키기가 더 쉬웠다.

날아드는 거대한 바위에 돌팔매질을 마구 당한 동탁의 사도들이 몸부림치며 괴로워했다.

그럼에도 쉽게 죽지 않는 것을 보니 거대화의 가장 큰 효능은 바로 맷집인 듯했다.

결국 거대화된 사도들은 투석기의 집중 공세에 얻어맞아 죽고 말았다. 하지만 동탁이 의도한 것은 투석기의 공세를 받아내는 용도였다.

사도들의 희생으로 동탁의 기마군단이 큰 피해 없이 접근하는 데 성공한 것이었다.

"다 죽여라!"

동탁이 호령과 함께 달려 나와 활을 쐈다.

과연 동탁은 삼국지연의와 달리 굉장한 용맹을 자랑했다. 종족 특성상 용맹 과격한 오크들도 길길이 날뛰며 싸웠다.

하지만 그런 적을 상대로 질 드 레의 활약이 두드러졌다.

[사도 질 드 레가 능력 전군시야를 사용합니다.]

[사도 질 드 레가 아군이 미치는 모든 시야를 볼 수 있게 됩니다.]

질 드 레의 능력, 전군시야.

그것은 지휘자인 이신과 똑같은 시야를 볼 수 있게 해주는 능력이었다.

눈에 미치는 범위뿐만이 아닌, 이신처럼 모든 것을 통째로 보니 보다 더 객관적이고 체계적인 지휘를 할 수 있는 것이었다.

아군 전체를 본 질 드 레는 자신이 어떻게 싸워야 하는지 곧바로 판단했다.

"진열을 유지해라. 시간은 우리의 편이다!"

미쳐 날뛰는 동탁군을 상대로 철저하게 진용을 유지하며 버티는 싸움을 했다.

진열이 무너지려는 중요한 고비마다 서영을 출격시켜 버텨내며 계속 시간을 끌었다.

이신 역시 계속 구경만 하지 않았다. 동탁에게 최후의 일격을 가할 준비를 이미 마친 상태였다.

그것은 바로,

"어떤 놈이 동탁이냐!"

그리핀을 타고 나타난 이존효가 창공을 날며 포효했다.

질 드 레가 시간을 끌며 버티는 싸움을 했던 이유가 바로 이것!

"뭐, 뭐냐?!"

동탁은 하늘을 올려다보더니 그리핀 4마리를 보고 놀란 얼굴이 되었다.

그리고 이존효와 눈이 마주치고 말았다.

"네놈이구나! 죽여주마—!!"

[사도 이존효가 능력 광기를 사용합니다.]

[주변 아군이 광기에 휩싸여 공격력이 크게 강화되었습니다.]

[부작용으로 주변 아군의 체력이 손상되었습니다.]

능력 광기로 인하여 일대에 있던 모든 아군이 덩달아 광기에 휩싸였다.

마침내 기회를 잡은 질 드 레가 소리쳤다.

"돌격!"

광기에 휩싸인 기사단이 일제히 돌격했다.

이 순간을 위해 기술 돌격을 쓰기 위한 에너지를 아껴놓은 질 드 레였다.

공중에서는 그리핀 3마리에 탄 궁병 6명이 화살을 쏴댔다. 무기 강화를 개발할 틈이 없어 조잡한 화살을 쐈지만 그것만으로도 충분한 효과가 있었다.

그리고 이존효를 태운 그리핀은 동탁을 향해 똑바로 하강했다.

놀란 동탁이 달아나며 활을 쐈지만, 이존효는 그리핀을 조종해 이리저리 피하거나 혼철절로 쳐내며 멈추지 않고 거리를 좁혔다.

"이런 망할……!"

동탁의 입에서 나지막한 탄식이 나왔다.

퍼억!

동탁이 빙의되어 있던 오크궁기병의 목을 이존효의 혼천절이 단 1합에 쳐 날렸다.

그것은 승부가 결판났음을 알리는 신호탄이었다.

분전을 한 동탁이었지만 끝내 큰 전략적 틀에서 우위를 점한 이신에게 꺾이고 만 것이었다.

전장의 중앙 지역에서 벌어진 회전(會戰)은 이신의 승리로 돌아갔다.

싸움이 지상군에 치우쳐져 있을 때, 비행 유닛을 뽑아 찌르는 이신 특유의 체제 전환이 빛을 발했다.

'이존효는 그리핀 부대를 끌고 3시 마력석 채집장을 공격.'

'서영은 기사 5기와 함께 12시 공략.'

'질 드 레는 나머지 전 병력을 끌고 동탁의 본진을 앞마당부터 압박.'

이신은 발 빠르게 움직였다.

동탁에게 다시 재기할 기회를 주지 않고 폭풍처럼 짓밟았다.

기세등등했던 동탁의 진용이 갈기갈기 분쇄되면서, 이제 누가 봐도 이신의 승리가 확실해졌다.

[악마군주 오리아스 님의 계약자 동탁 님께서 패배를 선언하

셨습니다. 악마군주 그레모리 님의 승리입니다.]

[악마군주 그레모리 님께서 마력 1만을 획득하셨습니다.]

[마력 총량 28만 2천으로 악마군주 그레모리 님께서 서열 60위가 되셨습니다.]

[마력 총량 27만 1천으로 악마군주 오리아스 님께서 서열 61위가 되셨습니다.]

"제길, 명불허전이군."

똥 씹은 표정이 된 동탁.

그는 이신과의 일전을 대비해 무려 2천이나 되는 마력을 쏟았다.

사도를 둘씩이나 하급 악마로 각성시킨 것. 그것이 동탁이 준비했던 비장의 한 수였다.

중급 악마를 목전에 둔 탓에 마력을 열심히 모으던 동탁으로서는 뼈아픈 지출이었다.

그런데도 패배한 것이다.

사자의 얼굴이라 어떤 표정인지는 분간이 안 됐지만, 악마군주 오리아스의 심기도 불편해 보였다.

"소원을 말해보아라. 특별히 달리 빌 소원이 따로 있다면 말이다."

특유의 으르렁거리는 듯한 목소리.

"마력."

이신은 당연하게 대답했다.

"좋다."

그러면서 오리아스는 채찍을 들어 올렸다. 금방이라도 이신을 향해 휘두를 태세였다.

깜짝 놀란 이신이 주춤거렸지만, 이상하게도 그레모리도 별반 보호해 주려 하지 않고 가만히 지켜만 보았다.

오리아스가 이신에게 채찍을 힘껏 휘둘렀다.

쐐애액!

'……?!'

이신의 낯빛이 창백해졌다.

하지만 채찍이 몸에 닿은 순간, 고통이 아닌 따스한 기운이 느껴졌다.

"마신께서 정하신 율법에 따라 내 마력 총량의 1%, 2,710마력을 주었다."

그러고는 동탁과 함께 먼저 떠나 버리는 악마군주 오리아스였다.

'죽는 줄 알았군.'

이신은 공포로 터질 것 같은 심장을 반지의 힘으로 안정시켜야 했다.

"수고 많으셨어요. 이번에는 조금 힘들게 이기신 것 같아요."

그레모리의 말에 이신은 고개를 저었다.

"생각보다 적도 잘 싸웠지만 결국 처음부터 끝까지 제가 계획했던 대로 진행됐습니다."

"호호, 그런가요?"

"그보다 놀랐습니다. 자신의 사도에게 마력을 부여해 하급 악마로 각성시킬 수 있습니까?"

"네, 맞아요. 전에도 보신 적이 있으시죠?"

아마 나폴레옹이 방문했을 때 대동했던 사도들을 말하는 것이리라.

"사도들을 하급 악마로 만들면 어떤 장점이 있습니까?"

동탁은 이신에게 한 가지 화두를 던져 주었다.

바로 자신의 사도를 하급 악마를 각성시키는 것.

이신은 그것이 서열전에 있어 어떤 효과가 있는지 알고 싶었다.

"방금 전의 서열전에서 그 두 명의 사도를 보셨죠?"

"예. 거대화라는 능력을 사용했더군요."

"그렇죠. 그 능력이 어땠던가요?"

"굉장한 능력이라 놀랐습니다."

몸집이 거대해진 두 사도는 놀랍게도 투석기들의 바위 세례에 집중되고서도 꽤 오래 버텼다.

그래 봐야 몇 초였지만, 그 몇 초를 벌어준 것이 동탁에게 큰 도움이 되어주었다.

결국은 탄탄한 용병술로 버티기에 들어간 질 드 레를 격파하지 못했지만, 그 두 사도가 투석기의 공격을 받아주지 않았으면 접근하기도 전에 싸움이 끝났을 수도 있었다.

"거대화는 일시적으로 10초간 육체를 키우는 능력이죠. 하지만 그 효력이 본래 그 정도까지는 아니에요."

"그럼 그들이 하급 악마이기 때문에 그만한 위력이 나왔다는 뜻입니까?"

"그렇죠. 하급 악마가 되면서 거대화가 고유 능력으로 바뀐 탓에 위력이 강화된 것이죠. 물론 시간제한은 여전하지만요."

'그 정도면 시간제한이 있다 해도, 사용하기에 따라서는 승부를 결정지을 정도로 유용해질 수 있다.'

이신은 생각했다.

현재 이신은 무려 5천 마력을 보유하고 있었다.

그레모리로부터 3천 마력을 선물 받은 것도 있었고, 이번에 서열전에서 이겨 소원으로 얻은 마력까지 합하니 5천이 되었다.

5사도 모두에게 무기·방어구·능력을 다 부여했기 때문에 달리 마력을 쓸 일도 없었다.

"사도에게 마력을 줄 생각인가요?"

"그렇습니다."

"그것도 나쁜 생각은 아니에요."

"좋은 생각이라고 하시지는 않는군요?"

이신이 물었다.

그레모리는 웃으며 말했다.

"저는 카이저가 1만 마력을 모아 중급 악마로 승격하는 것이 더 좋다고 생각해요."

"중급 악마가 되면 제 능력이 더 강화되겠군요."

"그렇죠. 그럼 서열전에서 카이저의 고유 능력을 더 강하게 펼칠 수도 있고, 무엇보다도 하급과 중급은 격이 다르죠. 일단은 카이저 본인의 격(格)을 보다 고귀하게 만드는 것이 우선이 아닐까요?"

그것은 결국 악마인 그레모리의 사고방식이었다.

사도들에게 마력을 준다는 것이, 그레모리 같은 악마에게는 자신의 재산·명예·생명 등 모든 것을 떼어서 나눠준다는 말과 비슷하게 들리는 것이었다.

하지만 악마가 아닌 이신은 그다지 마력을 귀히 여기지 않았다. 돈과 마찬가지로 편리를 추구하기 위한 수단일 뿐이었다.

'바로 다음 서열전에서 당장 효과를 볼 수 있다면 그렇게 하는 게 더 좋지.'

그런 기색을 눈치챘는지 그레모리가 상냥하게 말한다.

"하지만 유능한 사도를 하급 악마로 만들어놓으면 앞으로의 승리에 더 도움이 되겠죠. 다시 말씀드리지만 그것도 나쁘지 않다고 생각해요."

"하급 악마가 된 사도는 전장이 아닌 곳에서도 소환할 수 있습니까?"

"물론이죠. 다시 말하자면 하급 악마, 즉 지옥에서 벌을 받는 죄인이 아닌, 마계의 일원이 되는 것이죠. 사도의 입장에서는 지옥으로부터 영원히 구원받은 것이 된답니다."

그레모리가 친절하게 설명했다.

"단, 그런 만큼 신중하게 생각하셔야 해요. 마력을 부여하면 카이저의 권속이 되니 충성심이야 의심할 필요가 없죠. 하지만 지옥에서 해방되기 위해 필사적으로 싸웠던 때보다 정신적으로 나태해져 활약을 못하는 경우도 있어요."

듣고 보니 그럴 수도 있겠다 싶었다. 절박감과 생존본능으로 발휘된 능력이 안전 속에서는 감퇴되는 경우도 있을 것이다.

'신중하게 골라봐야지.'

이신은 일단 2명의 사도만 골라서 하급 악마로 만들어주기로 했다.

일단 한 명은 당연하지만 질 드 레였다.

지금까지의 서열전에서 공로가 가장 큰 사람이 질 드 레였다. 한때 상당한 상위 서열 악마군주의 계약자였던 경력까지 있어 이신의 모의전 상대가 되어주었던 것이다.

게다가 이번 서열전처럼 전장에서 소환되었을 때는 현장지휘관의 역할을 해 이신의 멀티태스킹 부담을 덜어주기도 했다.

'또 한 명은 누구로 하지?'

오귀스트 마르몽이나 서영은 사도가 된 지 오래되지 않았기 때문에 형평성상 맞지 않았다.

결국 콜럼버스와 이존효, 둘 중 한 사람을 택해야 했다.

'콜럼버스?'

이신은 고개를 갸웃거렸다.

확실히 콜럼버스가 서열전에서의 공적은 무시할 수 없었다.

정찰이 거의 승부를 절반 이상 결정짓기 때문에, 콜럼버스의 정찰 능력은 굉장히 유용했다.

하지만 그런 콜럼버스를 굳이 하급 악마로 만들어서 뭘 한

단 말인가?

콜럼버스에게 부여된 능력은 '빙의'였다.

콜럼버스가 하급 악마가 되면 '빙의'가 고유 능력이 된다는 뜻인데…….

'빙의 능력이 강화된다고 딱히 뭔가 변하는 건 없을 것 같은데?'

콜럼버스로서는 안타깝지만 일단은 이존효를 고르기로 했다. 이존효의 능력 '광기'는 강화되면 기대되는 효과가 아주 확실했다.

"소환, 질 드 레와 이존효."

파앗! 팟!

즉시 눈앞에 질 드 레와 이존효가 소환되었다.

"부르셨습니까, 계약자님."

"충! 시키실 일이 있으십니까?"

두 사람은 각자 생전에 살던 문명의 양식대로 예를 표했다.

"앞서 서열전에서 동탁의 그 두 사도를 본 적 있었지?"

"전 보지 못했습니다."

뒤늦게 그리핀을 타고 출격했던 이존효는 고개를 저었다.

반면 질 드 레는 고개를 끄덕였다.

"거대화라는 능력을 써서 아군의 투석기 공세를 감당했던 그놈들 말씀이시군요."

"그래. 그 두 놈들은 하급 악마라고 하더군. 그래서 부여받은 능력이 하급 악마로서의 고유 능력으로 화(化)해서 더 강화된 것이고."

"그럼 저희를 소환하신 이유가……."

질 드 레가 말꼬리를 흐렸다.

이존효는 영문을 몰라 했지만, 상위 서열 계약자 출신이었던 질 드 레는 쉽사리 상황을 파악했다.

이신이 말했다.

"일단 실험 삼아 너희를 하급 악마로 만들어보겠다."

"가, 감사합니다!"

질 드 레가 감격에 차서 소리쳤다.

"그게 무슨 말씀이신지. 저희를 하급 악마로 만들다니요?"

이존효는 여전히 의아해하는 상황.

"너희에게 마력을 부여해서 하급 악마로 만들겠다는 뜻이다."

그리고 질 드 레도 이존효에게 추가 설명을 해주었다.

"하급 악마가 된다는 것은 마계의 일원이 된다는 뜻이고, 죄인의 신분을 벗을 수 있게 된다."

죄인이란 당연히 지옥에서 생전에 지은 죄에 합당한 처벌을 받는 이들을 일컫는다.

질 드 레와 이존효는 이신의 사도가 되면서 지옥에서 받는 처벌이 보류되었지만, 죄인의 신분을 벗은 것은 아니었다.

사도의 지위를 박탈당하면 다시 죄인으로서의 처우를 받게 된다.

이는 질 드 레가 이미 한 차례 겪어본 일이었다.

당시 지옥에서 벌을 받다가 서열 15위였던 악마군주의 계약자로 선택되었지만, 지옥에서 완전히 해방된 것은 아니었다.

본래 지옥의 죄인이었던 탓에 매우 불공평한 계약을 할 수밖에 없었는데, 질 드 레는 승률이 부진하자 곧바로 가진 마력까지 모두 빼앗기고 지옥으로 쫓겨나야 했다.

"저, 정말 그렇게 저희를 만들어주신다는 겁니까?"

이존효의 목소리도 떨렸다.

이신이 고개를 끄덕이자 이존효의 얼굴에도 감동이 어렸다.

그런데 그때였다.

[권속의 계약을 하세요.]

머릿속에 그레모리의 음성이 들렸다.

'권속의 계약이요?'

[그냥 마력을 건네주면 카이저가 그들을 통제할 수 없게 되요. 카이저의 사도라는 것 외에는 그들을 제약하고 불이익을 줄 수 있는 장치가 아무것도 없어지거든요.]

'권속의 계약을 하면 어떻게 됩니까?'

[그들의 존재 자체가 카이저에게 종속되게 돼요. 그들은 본능적으로 카이저에게 충성하게 되고, 또한 카이저는 그들의 생사여탈권을 손에 쥐게 되죠.]

이신은 잠시 생각해 보다가 다시 마음속으로 물었다.

'나중에는 권속에서 해방시켜 줄 수도 있는 겁니까?'

[물론이죠. 저 역시 제 권속인 칼리파를 권속에서 해방시켜 주려고 했는걸요. 본인이 극구 사양해서 보류했지만요.]

그레모리는 권속의 계약에 대해 상세한 설명을 해주었다.
권속이 된 악마는 그 주인에게 매우 충성한다.
그것은 그들이 가진 마력이 시키는 본능과도 같았다.
[권속의 계약은 부하의 마력이 주인을 능가하지 않는 한 계속 유지되지요.]
'사도 4명에게 1천 마력씩 줘서 하급 악마로 만들면 안 되는 거군요.'
[그야 당연하죠. 항상 자신의 권속을 압도할 수 있는 마력량을 유지해야 해요. 권속의 계약으로 강제성이 주어진다 해도, 주인과의 마력 격차가 적어질수록 충성심도 옅어지죠.]
악마들이 왜 마력에 목숨을 거는지를 설명해 주는 또 하나의 사실이었다.
'알겠습니다. 권속의 계약은 어떻게 맺는 것입니까?'
[그야 우리가 계약했을 때와 똑같죠. 제가 계약서를 만들어 드릴게요.]
가까이 다가온 그레모리는 즉석에서 계약서 2장을 만들어내 이신에게 건네주었다.
"일단 카이저가 우선 이 계약서에 피를 찍으세요."
"예."
그레모리는 작은 바늘로 이신의 엄지에 피를 내주었다.
계약서의 내용을 확인해 본 이신은 고개를 끄덕이며 엄지에 맺힌 피를 계약서에 찍었다.
이윽고 그녀는 질 드 레와 이존효에게도 계약서에 피를 찍도록 했다.

그러자,

[권속의 계약이 성립되었습니다. 지금 이 순간부터 계약이 효력을 발휘합니다.]

[계약에 따라, 사도 질 드 레와 사도 이존효가 계약자 이신님의 권속이 됩니다.]

[계약에 따라, 사도 질 드 레와 사도 이존효에게 계약자 이신님의 마력이 각각 1,000씩 전달됩니다.]

[사도 질 드 레와 사도 이존효가 하급 악마가 되었습니다.]

잇달아 안내음이 떴다.

"계약자님, 아니, 주군! 앞으로도 더더욱 충성하겠습니다!"

질 드 레가 고개를 조아리며 소리쳤다.

"주군! 저 또한 주군의 승리를 위해 영원히 싸우겠습니다!"

이존효 역시 조아리며 소리쳤다.

두 사람은 지옥의 죄인 신분에서 벗어났다는 사실에 감격한 눈치였다.

물론 권속이 되었으니 그들의 모든 생사여탈권은 이신에게 있었다.

이신이 마음만 먹으면 모든 것을 다 빼앗고 다시 지옥에 돌려보낼 수도 있었지만, 그가 그럴 성격이 아님은 두 사람 역시 알고 있었다.

어찌 되었든 하급 악마가 되고 이신의 권속이 되자 두 사람에게서 전보다 훨씬 더 뜨거운 충성심과 열의가 보였지만, 이신은 그 점에 별로 관심이 없었다.

'능력이 어떻게 바뀌었는지 알고 싶군.'

이신은 두 사람의 정보가 어떻게 바뀌었는지 확인해 보았다.

질 드 레(휴먼, 기사)

무기 : 롱 소드(공격 속도 +5%)

방어구 : 칠흑갑주(방어력 +5%, 이동 속도 +2%)

능력 : 지휘(아군이 닿는 모든 시야를 볼 수 있고, 아군 병력을 최대 20명까지 휘하에 넣어 통제할 수 있습니다.)

이존효(휴먼, 창병)

무기 : 혼천절(공격력 +7%)

방어구 : 용린갑(방어력 +5%)

능력 : 광기(주위 아군의 공격력이 크게 강화됩니다.)

예상대로 변화가 있었다.

이존효의 능력 광기는 공격력을 크게 강화시켜 주는 대신에 체력을 손상시키던 부작용이 사라져 버렸다.

놀라운 것은 질 드 레의 변화였다.

질 드 레의 능력 '전군시야'는 '지휘'로 바뀌어져 있었다.

'최대 20명까지 휘하에 넣어 통제한다고?'

이신은 이 말이 정확히 무슨 뜻인지 곱씹어 보았다.

'직접 실험해 보는 게 낫겠군.'

이신은 하급 악마가 된 두 사람의 힘을 시험해 보기 위해 모의전을 치러보았다.

늘 모의전 상대가 되어 주던 질 드 레도 시험 대상이었던 탓에, 이신은 다른 사도에게 모의전 상대를 맡겼다.

"제길! 부러워! 부럽다고!"

투덜거리며 마물을 선택해 어설프게나마 지휘하는 이 남자.

"다섯 중에서 내가 제일 오래됐는데 쏙 빠지다니 이게 말이 돼? 질 드 레든 이존효든 내가 한참 더 고참이란 말이야! 어어? 야! 넌 6시로 빨리 정찰을 가란 말이야!"

투덜거리랴 지휘하랴 정신이 없는 그는 바로 콜럼버스.

서열전이든 모의전이든 가리지 않고 반드시 소환되며, 가장 먼저 활약하는 사도였다. 정찰 담당이니 당연했지만 말이다.

이신이 하필 생전에 군인도 아니었던 콜럼버스를 모의전 상대로 삼은 이유는 간단했다.

'직접 지휘를 해보면 더 정찰을 잘할 수 있게 될 것이다.'

상대의 입장이 되어 보아야 더 상대의 진세(陣勢)를 살피는 눈치가 좋아진다.

그 때문에 이신을 상대로 마물을 종족으로 선택해 지휘하게 된 콜럼버스는 의외로 잘해내고 있었다.

"내가 한두 번 본 줄 알아?"

수백 수천 번씩 이신의 모의전 상대가 되어 주는 질 드 레의 주 종족이 바로 마물이었다.

그리고 그때마다 수백 수천 번씩 정찰을 다니는 사람은 바로 콜럼버스!

"다 보고 들은 게 있다 이거다! 거기, 넌 1시에 마법진을 건설하자! 어차피 초반 공격은 없으니까 부유하게 출발하자고!"

마물 종족의 일꾼인 손바닥 모양의 마물 클로가 명령대로 1시로 향했다.

그러면서 헬하운드를 소환해서 명령했다.

"나가봐. 슬슬 정찰 올 시간인데, 오면 잘라 버려."

"으르릉!"

"컹컹!"

"오냐. 잘 다녀와라, 똥개들아."

정찰 담당 콜럼버스.

이신이 언제 무엇을 확인하고 싶어 하는지 누구보다도 잘 아는 그는, 이신이 정찰이 커트당하는 것을 얼마나 싫어하는지도 알고 있었다.

이기려면 상대가 싫어하는 짓을 골라 해야 한다.

정찰 담당으로 이신의 앞잡이(?) 역할을 수행하면서 배운 게 많은 콜럼버스였다.

헬하운드 2마리를 주요 포인트로 보냈는데, 그중 1마리에게 정찰에 나선 노예가 걸려들었다.

'오케이, 죽여!'

노예가 소스라치게 놀라 필사적으로 도망갔지만 소용없었다.

득달같이 달려든 헬하운드가 앞발을 휘둘러 오른발에 상처를 입혔다.

그러고는 절뚝거리는 노예를 능수능란하게 물어 죽였다.

'쯧쯧, 내빼는 솜씨가 형편없군.'

아마 이신도 흠칫했으리라 짐작되었다.

늘 콜럼버스를 부려서 정찰 보내는 데 익숙해져 있어서 깜빡했던 것이리라.

노예가 얼마나 느려 터졌고, 헬하운드가 얼마나 날렵한지를 말이다.

헬하운드가 보이자마자 즉시 노예를 도망치게 했어야 했는데, 이신은 콜럼버스를 부리던 버릇 탓에 따돌리라는 명령을 했으리라.

따돌릴 수 있을 리가 있나.

그건 부츠로 인해 이동 속도가 5% 올라가고 눈치까지 100단인 콜럼버스이니까 할 수 있는 일이었다.

시작이 좋았다.

하지만 콜럼버스는 미숙한 자신이 장기적인 싸움에서 이길 수 있을 리가 없다고 생각했다.

승산이 있다면 초반.

초반에서 중반으로 넘어가려는 듯한 시간대에 승부를 보는 것이었다.

"내가 제법 한다는 걸 보여드려야 계약자님이 나도 권속으로 삼아주시지!"

아주 작정을 하고 벼르고 벼른 콜럼버스였다.

*　　　*　　　*

"제법 하는데?"

이신이 중얼거렸다.

"그렇습니다."

막 소환된 기사 질 드 레가 화답했다.

질 드 레는 이신과 똑같이 아군이 있는 모든 시야를 볼 수 있었다.

그것은 능력 지휘의 효과 중 하나였다.

[능력 : 지휘(아군이 닿는 모든 시야를 볼 수 있고, 아군 병력을 최대 20명까지 휘하에 넣어 통제할 수 있습니다.)]

능력을 사용한 것도 아닌데, 소환되자마자 지휘의 효과 중 하나인 시야가 이미 저절로 발생했다.

전처럼 따로 능력을 사용하지 않아도 자동으로 효과가 펼쳐지는 것.

그것이 질 드 레가 하급 악마가 되고서 생긴 첫 번째 변화였다.

콜럼버스는 모의전을 처음 지휘해 보는 것치고는 상당했다.

10마리 남짓한 헬하운드 무리가 끊임없이 전장을 누비며 시야를 밝히고, 이신의 정찰 시도를 집요하게 차단하고 있었다.

"제대로 손쓰지 않으면 말려들 수도 있겠습니다, 주군."

질 드 레가 걱정스레 진언했다.

그만큼 콜럼버스가 보이는 행동들이 제법 경륜 있는 지휘로 보였기 때문이다.

이신은 그게 우스워서 미소를 지었다.

"네가 속아 넘어갈 때도 있고, 확실히 콜럼버스 저 작자도 재주꾼은 재주꾼인 모양이야."

"예?"

"정찰 경험이 한두 번도 아니니 제법 그럴듯해 보이게 만드는 거야. 어렵지 않겠지."

"……."

"근데 거기까지야. 그것만으로도 충분히 대단하지만, 그 이상의 전문적인 운영과 전략을 콜럼버스가 알 리가 없잖아."

그제야 질 드 레는 이신이 말하고자 하는 바가 무엇인지 알아차렸다.

"일찍 승부를 보려 하겠군요."

"그래."

질 드 레의 말대로 정찰을 끊임없이 차단하며 전장을 활보하는 헬하운드를 처리하기 위해 병력을 파견했으면, 아마 역으로 콜럼버스에게 잡아먹힐 위험이 있었다.

이제 처음 모의전을 지휘해 보는 콜럼버스가 뭘 알겠는가?

콜럼버스는 아마 헬하운드를 잔뜩 소환해서 쌓아놓고 숨겨

두었을 터였다.

부유하게 출발한 덕에 풍부해진 마력으로 값싸고 빨리 생산되는 헬하운드를 줄창 쌓아놨으리라.

이쪽이 선불리 병력을 내보냈다간 말 그대로 개 떼들에게 둘러싸여 한순간에 전멸을 면치 못할 터.

"서두르지 말고 천천히 군대의 조합을 짜며 때를 보면 되는 일이었군요."

"그래도 되긴 하지."

의아해진 질 드 레에게 이신이 말했다.

"그런데 상대가 고작 콜럼버스인데 그렇게까지 할 필요야 없지. 병력을 줄 테니 나가 싸워. 지휘권을 맡기마."

그제야 질 드 레는 이신이 이 모의전을 목적을 달성하려 한다는 것을 알았다.

"석궁병 10명, 방패병 5명, 장창병 5명, 총 20명이다. 그중에는 이존효도 포함되어 있고."

20명. 질 드 레가 능력 '지휘'로 휘하에 넣어 통제할 수 있는 숫자였다.

"덮치려는 콜럼버스의 병력을 격퇴하고 앞마당까지 날려 버려. 할 수 있겠나?"

"옛!"

고개를 끄덕인 질 드 레는 20명의 병력을 이끌고 본진을 나섰다.

"나를 따라라!"

[계약자 이신의 사도 하급 악마 질 드 레가 능력 지휘를 사용합니다.]

[20명의 병력이 질 드 레의 휘하가 되어 통제됩니다.]

20명을 휘하에 넣어 통제한다.

그 의미는 아주 간단했다.

이신이 굳이 말로 전달하지 않아도 생각으로 전군을 조종하듯이, 질 드 레가 자기 휘하로 정해진 20명을 생각으로 지휘를 내릴 수 있는 것이었다.

직접 현장에서 싸우는 지휘관이 굳이 말로 하지 않아도 생각으로 자유자재로 부하들을 통솔한다!

그것이 갖는 이점은 상상을 초월했다.

질 드 레는 예상대로 덮쳐드는 콜럼버스의 엄청난 헬하운드 떼를 그야말로 완벽한 지휘로 격파해 버린 것이었다.

'대단하군!'

깜짝 놀란 이신.

게다가,

"다 덤벼라—!!"

[계약자 이신의 사도 하급 악마 이존효가 능력 광기를 사용합니다.]

[주변 아군이 광기에 휩싸여 공격력이 크게 강화되었습니다.]

이존효가 광기를 터뜨렸다.

예전과 달리 체력을 손상시키는 부작용도 없었다.

이존효의 뛰어난 무위가 헬하운드의 예봉을 꺾고, 방패병·

장창병·석궁병이 절묘한 진형으로 싸웠다.

말을 탄 질 드 레는 스스로 미끼가 되어 헬하운드들을 이리 저리 유인했다.

능력으로 인해 120% 발현된 질 드 레의 탁월한 용병술. 그것은 콜럼버스의 미숙한 전술과 결합되어서 대승으로 나타났다.

질 드 레는 대승을 거둔 뒤에 곧장 콜럼버스의 앞마당까지 진격해 깨뜨리는 데 성공했다.

콜럼버스는 당해낼 재간이 없이 패배를 선언했다.

"제법이더군."

이신은 콜럼버스에게 칭찬을 해주었다.

"정말입니까?"

시무룩했던 콜럼버스가 반색했다.

"마력에 여유가 더 생기면 너도 권속으로 삼아주겠다. 대신 그만한 공을 더 세웠을 때의 일이다."

"아, 알겠습니다! 누구보다도 큰 공을 세워서 계약자님의 승리에 일조하겠습니다!"

의욕이 솟았는지 콜럼버스가 흥분하며 큰 소리를 쳤다.

아무튼 그렇게 시험은 성공적으로 끝났다.

테스트 모의전을 마치고 마계로 돌아갈 때는 질 드 레·이존효와 함께였다. 하급 악마가 된 두 사람은 이제 마계에서 지낼 수 있게 된 것이었다.

"어떠셨나요?"

그레모리가 돌아온 이신에게 물었다.

"성공적이었습니다. 다음 서열전 때는 더 강력해진 전력으로 싸울 수 있게 되었습니다."

"호호, 지금도 충분히 강한 카이저인데 더 강해졌다니 기대가 크네요. 앞으로도 잘 부탁드려요."

그레모리는 '앞으로'라는 단어를 강조했다.

9승 1패.

벌써 이신의 서열전 10승이 목전이었던 것이다.

질 드 레와 이존효는 그레모리의 궁전에서 지내기로 했고, 그렇게 이신은 현실세계로 돌아갔다.

* * *

현실로 돌아왔을 때, 이신은 귀가하던 길에 차 안에서 깜빡 잠들었던 상태 그대로 깨어났다.

"다 왔습니다."

운전사 정상범이 말했다.

고개를 끄덕인 이신은 차에서 내렸다. 함께 타고 있던 장양과 리쟈도 따라 내렸다.

리쟈는 마치 친누나처럼 장양을 붙잡고 이것저것 말했다.

중국어로 말해서 알아듣지는 못했지만 보나마나 양치질, 식사, 잠 등에 대한 잔소리이리라.

"장양을 잘 부탁드려요."

이신은 간단히 고개를 끄덕였다.

리쟈가 그렇게 집에 돌아갔고, 이신은 장양과 함께 집에 돌아왔다.

"오셨어요, 선생님."

"저희보다 늦으셨네요."

차이와 존이 나와 반겨주었다.

"주디는?"

이신은 늘 먼저 달려 나오던 주디가 없자 의아해져서 물었다. 차이가 웃으면서 말했다.

"주디 누나는 투표 중이에요."

"투표?"

"온라인 인기투표요."

그리고 존이 덧붙여 말했다.

"곧 있으면 4월이잖아요!"

그제야 이신은 매년 이맘때쯤에 하던 커다란 이벤트가 생각났다.

4월 5일은 스페이스 크래프트가 처음 발매된 날이었다. 3월 말이 되면 월드 SC 협회는 전 세계 e스포츠 팬들을 대상으로 인기투표를 벌인다.

그렇게 전 세계 팬들이 선택한 프로게이머 10인을 선정한다.

그리고…….

'그랬지.'

늘 이맘때는 귀찮게도 꼭 해외로 출국을 해야 하곤 했다.

왜냐하면 세계 팬이 투표로 선정한 인기 프로게이머 10인은 세계 SC협회의 초청을 받아 한자리에 모여 축제를 벌이기 때문이었다.

이신은 늘 세계 팬이 선정한 프로게이머 10인에 포함되었기 때문에 그 축제에 참여할 수밖에 없었다.

아무리 프로리그 중이라 바쁘지만, 그래도 참석할 수밖에 없는 축제.

그 축제란 바로 월드 SC 올스타전!

전 세계를 통틀어 가장 인기가 많은 10인이 한자리에 모여 각종 이벤트 매치를 하는 자리였다.

"누나도 참 지극정성이라니까. 아무렴 선생님이 10인에 선정 안 될까 봐?"

존이 혀를 찼다.

'귀찮게 됐군.'

이신은 생각했다.

아무래도 곧 해외로 출국할 일이 생길 듯했다.

제3장

올스타

오랜만에 인터넷 뉴스가 이신의 이름으로 도배됐다.

—이신 세계 올스타 인기투표 1위!

—전 세계 팬이 선정한 최고의 프로게이머 4년 연속 1위 '신의 위엄'

—이신, 중국·일본·태국·영국 등 7개국에서 자국 스타들 제치고 1위!

—끝나지 않는 '신'의 신화

그것은 실로 엄청난 업적이었다.

한국의 인기투표 정도가 아닌 전 세계 모든 e스포츠 팬들이 투표에 참석한 어마어마한 이벤트. 그 결과가 4년 연속 1위!

심지어는 손목 부상으로 은퇴했을 때조차도 인기투표에서 1위를 했다는 뜻이었다.

전대의 레전드였던 최환열이나 오성준조차도 올스타 10인에 꼽힌 적이 없었다.

그 정도로 대단하고 어려운 일을 4년 연속으로 해냈으니, 이는 e스포츠 세계에서 이신의 위상이 어느 정도인지 보여주는 것이었다.

"진짜 대단하다."

"또 1위래."

"4년 연속 1위, 진짜 쩐다."

올도어SCC의 연습실.

선수며 연습생이며 가릴 것 없이 한 사람을 우러러보고 있었다.

추앙의 대상은 말이 필요 없는 이신이었다.

같은 연습실에서 함께 훈련하며 부대끼고 있다 보니 잠시 잊고 있었다. 새삼 자신들이 얼마나 위대한 스타와 한솥밥을 먹고 있었는지를 말이다.

이번 인기투표는 그것을 되새기게 해주는 결과였다.

"중국 팬들이 자국 선수들 다 제쳐 놓고 감독님한테 몰빵했대."

"동남아 팬들도 쓸어버렸지."

"2위랑 득표율이 2배나 차이 난다. 말이 되냐?"

"와, 진짜 세계에서 가장 인기 많은 프로게이머인 거네."

"난 언제 저렇게 될까?"

"다음 생?"

그렇게 연습실이 잔뜩 들뜬 가운데, 이신만은 귀찮은 표정이 역력했다.

"영광인 줄 알아야지, 뭘 그렇게 심통 맞아? 난 세계 SC 올스타전 그렇게 참가하고 싶었는데도 결국 못 했는데."

최환열이 옆에서 핀잔을 주었다.

"또 일정이 겹쳐서 다음 경기 출전을 못 하겠군."

"다음 상대는 팀 제미니니까 문제없어. 그다음 상대인 쌍성전자가 강적이지."

올해의 팀 제미니는 그다지 위협이 되지 않는 상대였다.

1군 주전들 태반이 슬럼프에 빠졌고, 쌍두마차였던 유진영은 올도어SCC로 이적.

지금은 쌍두마차의 다른 한 명인 '광전사' 오광태가 홀로 외롭게 싸우는 형국이었다.

하지만 쌍성전자는 전혀 달랐다. 작년 우승 팀 쌍성전자는 올해 들어 더 강력해졌다.

광기신족 최영준을 필두로 한 엄청난 신족 라인이 구축되어 신족 제국이라는 별명으로 불렸다.

2021년 한국 프로리그는 3제국의 다툼이었다.

JKT의 괴물 제국.

쌍성전자의 신족 제국.

그리고 올도어SCC의 인류 제국!

"올해 들어서 최영준은 더 굉장해졌더라."

최환열이 평을 내렸다.

"너한테 4강전에서 3패 셧아웃을 한 고통이 컸는지 더 갈고 닦았어."

"어떤 점에서?"

"소수 유닛 컨트롤과 마법유닛 컨트롤이 확 좋아졌더라."

이신은 고개를 끄덕였다. 확실히 최영준의 약점이 그런 것이었다. 그게 극복됐다면 더 위험한 상대가 되어 나타날 것이다.

"아무튼 쌍성전자전은 나중에 대비하고, 일단 넌 올스타전이나 대비해라. 꼭 이길 필요는 없어도 재미있는 경기는 해야지?"

"알았어."

투표 결과가 온 다음 날, 세계 SC 협회로부터 봉투가 도착했다.

초청장과 항공 티켓이었다.

그런데 항공 티켓을 본 장양이 이신의 소매를 잡고 당겨댔다. 이신은 그런 장양의 행동이 무엇을 말하고 싶은 건지 알아차렸다.

"너도 가고 싶어?"

끄덕끄덕.

아마도 올스타전 자체보다는 이신과 떨어지고 싶지 않은 것이리라.

“같이 가고 싶으면 리샤에게 얘기해. 난 네 보호자가 아니니까.”

매정한 이신의 말에 장양은 눈에 띄게 당황했다.

“나와 같이 올스타전에 가고 싶다고 리샤에게 똑바로 의사표현을 하는 거야. 그걸 못 하면 그냥 여기 있어야지.”

“……!”

“할 수 있지, 그 정도는?”

장양은 뾰로통해졌지만 이신이 머리를 쓰다듬어 주자 이내 어쩔 수 없다는 듯 고개를 끄덕였다.

그 작은 결심에는 머리를 쓰다듬어 주면서 이신이 치유의 힘을 불어넣어 준 영향도 있었다.

장양은 끙끙 앓다가 이내 스마트폰을 꺼내 들었다.

그리고 잠시 후, 이신의 구형 폴더폰이 요란스럽게 진동했다. 발신자는 바로 리샤였다.

―정말 고맙습니다!

“뭐가 말입니까?”

―장양이 제게 무언가 하고 싶다고 직접 말을 꺼낸 것은 처음입니다.

“말?”

이신이 의외라는 듯이 묻자 리샤가 정정했다.

―물론 문자 메시지였지만 그래도 장족의 발전입니다. 늘 사진을 찍어 보내거나 손가락으로 가리킬 줄밖에 몰랐는데, 이번

에는 글로 표현을 했다고요!

리자는 감격에 겨워했다. 정말 무슨 친어머니라도 되는 듯했다. 왜 남을 위해 저렇게까지 마음을 쓰는지 이신으로서는 도무지 이해가 되지 않았다.

*　　　　*　　　　*

4월 3일.

홍콩에서 열리는 세계 SC 올스타전에 참석하기 위해 이신은 인천 국제공항에 도착했다.

장양과 리자 등은 먼저 수속을 밟기 시작했고, 이신은 출국 전에 기자들과 함께 인터뷰를 해야 했다.

"올스타전에 벌써 3번째 초청을 받으셨는데 소감이 어떠십니까?"

"가까운 곳이라 다행입니다."

기자들이 웃음을 터뜨렸다. 역시나 이신의 직설화법이 어딜 가는 게 아니었다.

"10인에 선정된 선수들 중에 붙어 보고 싶은 상대가 있습니까?"

"딱히 없습니다."

"작년 금메달리스트인 엔조 주앙이라든지……."

"전에 파리SCC와 친선 훈련 때 실컷 붙어 봐서 딱히 흥미 없습니다. 누가 상대가 됐든 재미있는 경기 하겠습니다."

"중국의 왕펑카이 선수가 이신 선수와 붙게 되면 박살을 낼 것이라고 발언을 해 화제인데요."

"이름은 들어봤던 것 같은데 종족이 뭔지도 모릅니다."

왕펑카이는 작년 말 상하이 슈퍼리그의 우승자로 새롭게 중국 최강자의 자리에 오른 신예였지만, 이신이 알 바가 아니었다.

"혹시 이번 올스타전에서 인류가 아닌 다른 종족을 플레이하실 생각이 있으십니까?"

"현장 분위기 봐서 팬들이 원하면 할 의향이 있습니다."

다만 올스타에 선정된 세계 각국의 선수들은 명성 높은 이신과 제대로 실력을 겨루고 싶어 할 터였다.

팬들도 마찬가지. 특이한 전략이 나온 경기도 좋지만, 대부분은 각국의 강자들이 정면대결을 하는 것을 더 원한다.

누가 더 강한지 보고 싶어 하는 마음이 가장 큰 것이다.

적당히 인터뷰를 마친 뒤 이신은 홍콩으로 떠났다.

"왕펑카이가 누군지 압니까?"

비행기 안에서 이신이 대뜸 물었다.

"모릅니다."

리자가 단호히 대답했다.

"상하이 슈퍼리그? 하여간 거기 우승자라고 하더군요. 장양이 관심을 보인 프로게이머는 이신 씨밖에 없습니다."

'별 볼 일 없는 놈인가 보군.'

아무튼 뭐라고 도발을 한 건지 알고 싶긴 했다.

자신에 대해 뭐라고 발언을 했는지 봐야, 거기에 적합한 응징을 할 게 아닌가.

사실 남이 뭐라고 도발하든 별로 신경을 쓰지는 않는 이신.

하지만 도발한 상대를 더욱 재미있게 두들겨 패주는 일은 그의 즐거움 중 하나였다. 그럴수록 보는 사람들이 더 좋아하기 때문이었다.

*　　　*　　　*

—이름은 들어봤던 것 같은데 종족이 뭔지도 모릅니다.

'전혀 모른다고?'

아래에 나와 있는 자막을 통해 이신의 발언을 본 왕펑카이는 부들부들 떨었다.

발언은 그렇다 치더라도, 이신의 태도에서 자연스럽게 묻어 나오는 무관심이 그를 분노케 했다.

굉장히 많은 중국 팬들의 파워에 힘입어 올스타 10인에 선정된 왕펑카이.

간신히 10위에 턱걸이를 했지만, 어쨌거나 세계에서 가장 인기 많은 프로게이머 10인 중 한 사람으로 자리매김한 것이었다.

물론 그 이면에는 중국 팬들의 커뮤니티가 큰 몫을 했다.

중국의 네티즌들이 자국 선수를 올스타에 내보내기 위하여

한 사람을 밀어주자는 의견이 나왔고, 그 대상으로 왕펑카이가 선정된 것.

그리고 중국 네티즌들은 왕펑카이파와 이신파로 나뉘어 열띤 논쟁을 벌였다.

중국에서도 상당히 많은 이신의 팬들이 왕펑카이가 이신과 함께 올스타에 나갈 수준이냐며 딴죽을 걸었던 것.

그 열띤 논쟁은 당연히 왕펑카이의 귀에도 들어갔고, 왕펑카이는 뜻하지 않게 이신과 비교당하며 자격지심을 느껴야 했다.

처음에는 e스포츠의 전설인 이신과 어찌 감히 비교할 수 있겠냐며 수긍할 수밖에 없었다.

하지만 지지해 주는 네티즌들이 많아질수록 왕펑카이의 생각도 휩쓸리기 시작했다.

'이신이 그렇게 대단해? 나 역시 중국 최고의 프로게이머야!'

중국을 대표하는 최강자로서 이신에게 고개 숙여서는 안 된다는 의무감이 들기 시작했다.

그래서 작심하고서 이신을 크게 도발했다.

박살을 내주겠다고.

옛날과 다른 중국의 위상을 보여주겠노라고.

고심 끝에 크게 결의를 한 발언이었지만… 그랬더니 이신의 반응이 저것이었다.

투지와 의무감(?)을 불태웠던 자신을 바보 같게 만드는 덤덤함!

'두고 보자!'

왕펑카이는 부득부득 이를 갈았다.

올스타에 뽑힌 마이클 조셉은 호텔에 여장을 풀고 바로 가져온 노트북을 꺼냈다.

일단 인터넷 뉴스를 훑어보았는데, 역시나 e스포츠계는 세계 SC 올스타전에 이신이 다시 나타났다고 흥분해 있었다.

'이렇게 다시 만날 수 있게 되어서 반갑군.'

이벤트매치의 빚을 갚을 수 있는 좋은 기회였다.

1세트는 준비된 전략대로 멋지게 승리를 거두었지만, 서브 종족인 신족을 쓴 이신에게 패배했다. 그러고는 심리적으로 위축되는 바람에 3세트를 졸전으로 역전패.

1승 2패로 역전패한 아픔은 마이클 조셉을 더욱 강하게 만들었다.

절치부심 갈고 닦은 끝에 지난해를 승률 81%로 마감했다.

프로리그에서 승률 8할을 넘겼다는 것은 그 리그의 최강자라는 뜻이었다.

재능은 많지만 불완전했던 모습은 사라지고 이제 완숙한 강자의 모습으로 성장한 마이클 조셉.

그는 이신에게 복수를 할 무대로 월드 SC 그랑프리를 생각하고 있었지만, 기회는 일찍 찾아올수록 좋다고 여겼다.

'아직 실력이 건재할 때 붙고 싶어.'

프로게이머의 평균 연령을 기준으로 삼았을 때, 이신은 어느새 노장의 반열에 들고 있었다.

다행히 아직은 여전히 강력했지만, 언제 몰락해 버릴지 아무도 모르는 것이었다.

그 전에 다시 한번 붙어보고 싶었다.

e스포츠의 신이라 불린 사나이를 상대로 자신이 어디까지 할 수 있을지 알고 싶었다.

그리고 이긴다면,

'나에게도 그만큼 위대한 선수가 되기를 꿈꿀 자격이 생기는 거겠지.'

마이클 조셉은 이신의 작년 경기 영상 VOD를 결재해 보며 전의를 불태웠다.

그렇듯 내로라하는 톱스타 프로게이머들이 속속 홍콩에 모여들고 있었다.

그리고 그중 상당수가 이신을 타깃으로 삼고 있었다.

세계 최정상의 자리를 노리는 이상, 이신은 반드시 넘어야 하는 산이었기 때문이다.

전 세계 e스포츠 팬들이 주목하는 것도 바로 그 점이었다.

이벤트라고는 하나 다시 돌아온 이신의 첫 세계무대!

한국에서는 은메달리스트 박영호와 동메달리스트 최영준 등 세계 정상급 선수들이 이신을 꺾는 데 실패했다.

각국에서 뽑힌 올스타 10인 중에서는 누가 과연 이신의 아성을 넘을 수 있을지, 아니면 이신이 다시 자신을 당해낼 자가 없음을 증명할지 궁금하기 이를 데 없는 것이었다.

*　　　　*　　　　*

올스타전 하루 전.

올스타에 선정된 10인의 영상이 전 세계에 공개되었다.

영상은 가장 먼저 올스타 선수들이 제비뽑기로 팀을 정하는 것으로 시작되었다.

이 행사는 관객은 없었지만 인터넷을 통해 생중계가 되었기 때문에 네티즌들의 반응이 실시간으로 올라오고 있었다.

—먼저 10위로 올스타에 선정된 왕펑카이 선수가 공을 뽑겠습니다.

짤막하게 왕펑카이의 선수 이력을 소개하는 영상이 나왔다.

—저 새끼가 왕펑카이임?

—이신 : 쟤는 종족이 뭔가요?

—주디 : 듣보…….

—ㅋㅋㅋ그래도 중국 최고의 선수다. 너무 무시하지는 말자. 근데 쟤 진짜 누구냐?

—왕펑카이는 작년 상하이 슈퍼리그의 우승자로 빛나는 훌륭한 프로게이머입니다. 근데 쟤 진짜 누군가요?

—님들 그만 좀;;; 왕펑카이는 중국의 기대주로 명성을 떨치는 선수로 무시 못 합니다. 근데 쟤 종족이 뭔가요?

한국 네티즌들의 반응은 결코 호의적이지 않았다.

이신에게 했던 박살 내겠다는 도발이 어처구니없었기 때문이다.

서로 다른 팀이 될 수도 있지만 같은 팀이 될지도 모르는데, 공식 경기도 아닌 이벤트에서 웬 도발이란 말인가?

이윽고 21세의 키 큰 중국 남자, 왕펑카이가 웃으며 무대에 등장해 중앙에 마련된 바구니 안에 손을 넣어 공을 집어 들었다.

검정색 공이었다.

—왕펑카이 선수는 검은 공을 뽑았습니다. 흑팀입니다!

흑팀의 명단에 왕펑카이의 이름이 추가되었다.

—ㅇㅋ 흑팀만 아니면 된다.

—흑색 공만 뽑지 말자.

—신이시여, 제발 흑색 공만 뽑지 마소서.

—신이시니 어련히 알아서 백팀 안 들어가실까!

—이신이 괴물로 왕펑카이 바르면 웃기겠다ㅋㅋㅋ

9위는 영국의 프로게이머 알렉산더 스테인.

견실한 플레이를 자랑하는 신족 플레이어로, 이따금씩 암흑사제로 허를 찌르는 플레이가 일품인 선수였다.

특히나 불리한 상황에서도 난전 중에 암흑사제를 적 무리 속에 투입해 암약시키는 플레이로 역전까지 거두는 등, 암흑사제의 명인이라는 뚜렷한 스타일을 가졌다.

그렇기 때문에 전 세계 팬을 대상으로 한 인기투표에서 9위를 기록하는 인기를 가지게 된 것이다.

물론 9위씩이나 되는 진정한 인기 비결은 바로 잘생긴 외모와 매너였지만 말이다.

검정색 3피스 턱시도를 제대로 갖춰 입고 등장한 알렉산더 스테인은 밝게 웃으며 카메라를 향해 손을 흔들었다.

—잘생겼다.;;;

—세계 e스포츠의 3대 미남자라지요.

—3대? 누구누구임?

—그것도 모르냐? 엔조 주앙, 알렉산더 스테인, 왕펑카이!

—ㅋㅋㅋㅋㅋ왕펑카이는 뭐냐?

—왕펑카이 드립 보소ㅋㅋㅋㅋ

—엔조 주앙도 잘생기긴 했지.

—이신 같은 외모로 태어났으면 내 인생도 달라졌겠지?

—네, 다음 백수.

알렉산더 스테인 또한 흑색 공을 뽑았다.

8위, 7위, 계속해서 선수들이 나타나 흑팀과 백팀을 정했다.

인기투표 3위인 마이클 조셉이 흑색 공을 뽑았다.

—헐;; 왜 이렇게들 검정색을 좋아해?

—자기 피부색과 같은 깜장 공!

—위에 인종차별 뭐냐;;;

—아, 재미없네. 마이클 조셉 이 눈치 없는 놈이! 네가 검정색 공을 뽑아 버리면 어떡해?!

네티즌의 반응이 별로 좋지 않았다.

왜냐하면 마이클 조셉으로 인하여 흑팀 5명이 이미 다 정해졌기 때문에 남은 2위와 1위 선수는 자동으로 백팀이었던 것이다.

아니나 다를까.

1위, 2위 선수가 함께 사이좋게 등장했다.

1위 선수야 말할 필요도 없이 이신.

그리고 2위 선수도 이신만큼이나 수려한 외모를 자랑하는 백인 청년이었다.

2020년 월드 SC 그랑프리 단체전 은메달리스트.

2020년 월드 SC 그랑프리 개인전 금메달리스트.

바로 엔조 주앙이었다.

—신 님!

—신 님께서 입장하셨다!

—엔조와 함께 등장!

—저분이 바로 BMW i8 차주님이신가요?

—롤스로이스 팬텀 차주님과 BMW i8 차주님께서 함께 등장하십니다.

—엔조 주앙 자가용 개간지!

—재수 없는 자식들! 부족한 게 뭐야?

—엔조 주앙에게 부족한 거 : 신족전.

—이신에게 부족한 거 : 인성.

두 사람은 함께 바구니에 손을 넣어서 2개밖에 남지 않은 백색 공을 뽑았다.

그렇게 흑팀과 백팀이 모두 확정되었다.

이어진 건 출전 순서를 정하는 일이었다.

선봉, 차봉, 중견, 부장, 대장.

월드 SC 올스타전은 연승제로 진행된다. 때문에 이 출전 순서가 무엇보다도 중요했다.

부장이나 대장처럼 마지막 순서에 배정될 경우, 자기 순서가 오기 전에 경기가 끝날 수도 있기 때문이었다.

물론 팀플레이라든지 컨트롤 게임이라든지 출전 못 한 선수들을 위한 이벤트가 또 있었지만, 그래도 가장 중요한 일대일 대결을 못하는 것은 너무나 아쉬운 일이었다.

전 세계에서 손꼽히는 실력자들이 모인 자리인 만큼 3킬, 4킬, 올킬 같은 일은 잘 벌어지지 않을 거라고 생각할지도 모른다.

하지만 그런 일이 벌어진 적이 있었다.

바로 이신!

올스타전에서도 이신은 한 번도 져 본 일이 없었던 것이다.

특히나 3년 전에 차봉으로 출전했을 때는 혼자서 상대 팀 5인을 전부 꺾어 올킬을 따내기까지 했다.

그 때문에 같은 팀의 중견, 부장, 대장이었던 선수들이 아무것도 못해 아쉬움을 표하기도 했다.

월드 SC 올스타전의 테러리스트라는 말까지 들었을 정도!

이에 나름대로 반성을 했는지 이듬해인 재작년의 올스타전 때는 나름대로 승리보다 재미에 주안점을 둔 깜짝 전략을 선보이는 등의 모습을 보인 이신이었다.

—자, 흑팀과 백팀이 모두 정해졌습니다. 이제 출전 순서를 정할 차례인데요, 바구니에 담긴 번호가 적힌 공을 1위인 이신 선수부터 뽑겠습니다.

사회자의 말에 이신부터 다시 차례대로 바구니에 손을 넣었다.

이신은 꺼낸 공에 적힌 번호를 보고 눈살을 찌푸렸다.

한국의 네티즌들도 크게 실망한 것은 마찬가지였다.

—내 눈이 잘못된 거냐? 지금 몇 번을 뽑은 거냐?

—아ㅠㅠ 저게 뭐야!

—선봉은 못 뽑을망정!

—차봉, 하다못해 중견은 뽑았어야지!

—띠링, 신께서 끝판 왕에 등극하셨습니다.

—이건 조작이다! 올스타전 흥행을 위해 조작한 거라고! ㅇㅈ?

같은 백팀의 선수들은 웃고 손뼉을 치며 좋아했다.

공에 적힌 숫자는 5.

이신은 가장 마지막 순서인 대장으로 출전하게 된 것이었다.

*   *   *

"되는 일이 없군."

이신은 투덜거렸다.

행사를 마친 이신은 장양, 리쟈와 홍콩 야경을 관광하다가 우연히 발견한 PC방에서 게임을 즐겼다.

이는 이신 때문에 거의 억지로 관광을 나와 지치고 삐쳐 버린 장양을 달래기 위해서였다.

하지만 홍콩의 PC방에 들어서자 수많은 e스포츠 팬들에게 둘러싸여 사인 공세에 시달렸고, 그렇게 녹초가 되어서 시작한 게임에서도 오랜만에 장양에게 패배해 버렸다.

짜증을 내며 게임을 종료해 버리자, 승리를 거둔 장양이 슬금슬금 이신의 눈치를 보았다.

이에 리쟈가 발끈 화를 냈다.

"애처럼 화내지 마십시오! 장양이 어려워하잖습니까."

이신은 딴죽을 거는 리쟈를 보고는 한숨을 쉬었다.

"정말 되는 일이 없군."

대장이라니.

예전의 소속 팀에서는 연승제로 진행되는 플레이오프나 포스트시즌에 진출했을 때 대장 포지션을 많이 맡아봤다.

이신이 선봉으로 나서면 혼자 다 해먹는다는 비난을 면치 못했기 때문. 마지막 순서인 대장으로 출전해도 이신은 충분히 활약을 하며 끝판왕이라는 별명까지 얻었다.

하지만 그건 같은 팀 선수들의 기량이 다 거지같을 때의 일이었다.

이건 올스타전이었다.

다들 전 세계 팬의 투표로 뽑힌 최고의 프로게이머들.

최영준이나 박영호처럼 세계 톱클래스의 실력임에도 세계적인 인기가 낮아 못 뽑힌 경우도 있었지만, 그렇다고 이 올스타전 멤버들이 인기만 많고 실력은 없는 쭉정이인 것은 아니었다.

엔조 주앙 같은 실력자도 같은 백팀이었다.

과연 자신의 순서까지 올지 알 수 없었다.

물론 게임을 치르지 못한 선수들은 나중에 따로 2 대 2 팀플레이 같은 사이드 이벤트를 치르기도 한다.

하지만 팀플레이는 이신이 가장 싫어하는 게임 방식이었다.

자신의 뜻대로 게임이 완전히 통제되지 않는 대결을 개인주의자인 이신이 좋아할 리 없는 것.

'마이클 조셉이 미친 활약을 하길 기대해야겠군.'

흑팀의 선봉인 마이클 조셉은 최근에 기량이 오를 대로 오른 상태였다.

미국 리그에서의 마이클 조셉의 경기 영상을 보고 있노라면,

빠릿빠릿하고 파워풀한 플레이에 이신마저 감탄할 정도.

이신의 평가대로 지난해 월드 SC 그랑프리에서 가장 재능이 돋보였던 마이클 조셉이 마침내 꽃을 피운 것이라 봐야 했다.

그 꽃 피울 계기를 준 사람이 바로 이신 자신이라는 것은 몰랐지만 말이다.

'하지만 엔조 주앙도 슬럼프를 극복했고…….'

엔조 주앙은 유일한 약점이었던 대신족전을 극복했다.

이신의 정확한 지적과 도움을 받은 덕분이었다.

피지컬·멀티태스킹 등의 기본기 위주의 실전형이 아닌, 철저히 짜 놓은 판에 상대를 몰아넣는 책략가형 타입으로서는 보기 드물게 안정된 기량과 승률을 뽐낸다.

덕분에 그의 소속 팀 파리SCC는 역시 이신을 초청하길 잘했다며 기뻐 죽는 분위기라고 한다.

나중에 설령 은퇴를 하더라도 영입하겠다고 여전히 이신을 탐내는 파리SCC였다.

아무튼 백팀도 만만치 않게 쟁쟁한 선수들이 많이 속한 만큼, 이신에게까지 순서가 올지는 가능성이 매우 희박했다.

'이러다 경기 감각이 죽는 게 아닌지 걱정되는군.'

동탁과의 서열전 때문에 마계에서 생각보다 오래 체류했다.

그런데 돌아와서도 올스타전 참가 때문에 팀 제미니와의 다음 경기를 결장했다.

물론 매일같이 연습실에서 훈련하고 집에서도 제자들과 게임을 하지만, 실전은 그것과 조금 다르다.

훈련을 통해 준비한 전략을 꺼내들고 공개된 무대에서 펼치는 진검승부.

연습 때는 잘하다가도 경기에 나가면 죽을 쑤는 선수가 수두룩한데, 그 이유가 실전이 평소에 하는 게임과는 묘하게 속성이 다르기 때문이었다.

그런데 그때,

—ENZO : Hey, captain!

스페이스 크래프트 온라인에서 엔조 주앙이 귓속말을 걸어왔다.

—ENZO : Congratulation! You are my captain! :D

확 짜증이 밀려왔다.

—Kaiser : 닥쳐.

한국말로 대충 답장을 한 이신은 게임을 하자는 엔조 주앙의 대전 신청을 무시하고 자리에서 일어났다.

"가자."

그대로 장양 등을 데리고 PC방 떠나 버린 이신. 그리고 잠시 후, 엔조 주앙은 트위터에 캡처 화면과 함께 한국말 좀 해석해 달라고 글을 올려 모두를 웃기기 시작했다.

그리고 다음 날.

"와아아아아—!!"

수만 관객이 모인 경기장에서 2021 월드 SC 올스타전이 시작되었다.

전 세계에 생중계되는 e스포츠 축제!

선수들이 입장하기 전에 우선 어제 촬영한 인터뷰 영상이 나왔는데, 흑팀의 선봉 마이클 조셉이 가장 먼저 출연했다.

—개인적으로 누구와의 대결이 가장 기대되는가?

—카이저다.

—애석하게도 카이저는 백팀 대장이라 만날 확률이 희박할 텐데, 많이 아쉬울 것 같다.

그런데 마이클 조셉의 예상 못 한 폭탄 발언이 이어졌다.

—난 반드시 카이저와 대결할 것이다. 그리고 이길 것이다.

관객석이 술렁이더니 이윽고 엄청난 환호와 열광으로 나타났다.

그것은 예고 올킬 선언이었다.

—올킬이요?

마이클 조셉의 배짱 넘치는 예고 올킬 선언에 백팀의 선봉 엔조 주앙이 의문을 표했다.

—조금 당황스럽네요. 조셉의 작년 그랑프리 성적이 어땠죠?

"오오오!"

관객들의 환호가 다시 울려 퍼졌다.

—저는 현실적으로 2킬 노려보겠습니다. 못해도 1킬은 할 수 있을 것 같네요.

엔조 주앙의 인터뷰가 그렇게 끝나고, 계속해서 각 팀의 다음 선수들이 출연해 도발을 주고받았다.

그런데 차봉 왕평카이도 그렇고 흑팀 선수들은 하나같이 이신에 대하여 전의를 나타냈다.

마지막,

“와아아아아!”

“카이저! 카이저! 카이저!”

이신이 영상에 등장했을 때 수만 관중이 들썩거렸다.

올해 2021년 올스타전에서도 어김없이 화제의 중심이 되고 있는 이신이었다.

—기분이 많이 안 좋아 보입니다.

—안 좋습니다.

이신의 대답은 영어 자막이 아래에 첨부되었다.

—대장을 뽑으신 게 마음에 안 드시나요?

—네.

짧은 대답을 계속하는 이신의 태도에 관중들이 웃음을 터뜨렸다.

—기회가 없을까 봐 걱정되시는 모양인데, 좋은 소식이 있습니다. 마이클 조셉이 올킬을 하겠다고 선언했어요.

—올킬?

—예, 게다가 다들 카이저를 반드시 꺾고야 말겠다고 벼르고 있습니다. 이에 대해 어떻게 생각하십니까?

—저는 이번 올스타전을 재미있게 만들기 위해서 승리가 아닌 재미 위주로 색다른 전략을 많이 준비해 왔습니다만…….

이신은 피식 웃으며 말을 이었다.

—다 집어치우죠. 전부 그렇게 날 도발했다면, 저도 이기기

위해 모든 수단을 다 동원하겠습니다. 웃고 즐기는 이벤트에서 뭘 그렇게까지 하냐고 나중에 뭐라고 하지 않았으면 좋겠습니다.

"오오!"

"카이저!"

"제발 그의 경기를 봤으면!"

"흑팀! 4킬까지 부탁해!"

"제길! 왜 카이저가 대장인 거야!"

좋아하는 관객들.

예능감 넘치는 경기보다는 화끈한 명경기를 바라고 있었다.

이 분위기에 부채질이라도 하듯, 무대에 나온 뚱뚱한 외국인 사회자가 큰 소리로 말했다.

—스페이스 크래프트의 발매를 기념하는 세계 최대의 e스포츠 축제, 올스타전에 오신 여러분들을 환영합니다!

뜨거운 환호 속에서 사회자가 소리쳤다.

—축제에 놀려고 왔는데도 우리의 올스타들은 활활 타오르는 승부욕을 버리지 못하는군요! 그렇다면 좋습니다! 이것을 위해 저희가 준비한 특별 이벤트가 한 가지 더 있습니다!

사회자는 손가락을 하나 폈다.

—1승당 10만 불!

"오오!"

"10만 불?"

"한 번 이길 때마다 10만 불씩 주겠다는 거야?"

"오 마이 갓!"

술렁이는 관객들에게 사회자가 웃으며 말을 이었다.

—선수들에게 주냐고요? 아닙니다! 1승당 10만 불씩 이긴 선수의 명의로 기부를 하겠습니다! 많이 이길수록 좋은 일도 많이 하게 되는 것입니다!

환호.

박수.

뜨겁게 달궈진 분위기 속에서 마침내 올스타전의 흑백 팀 매치가 시작되었다.

1경기부터 뜨거웠다.

인기투표 2위 엔조 주앙과 3위 마이클 조셉의 대결이었으니 말이다.

대체로 지루하다는 평이 많은 인류 대 인류전.

하지만 초일류들의 대결이라면 이야기가 달라진다.

치열한 심리전과 한 평의 땅을 놓고 일진일퇴를 벌이는 국지전!

그리고 선수들의 공격적이고 적극적인 스타일까지 더해지면 엄청난 명경기가 되곤 했다.

엔조 주앙도 마이클 조셉도, 이신을 쏙 빼닮은 두 사람의 스타일은 결코 방어적이지가 않았다.

책략가형 선수는 엔조 주앙이었지만, 놀랍게도 전략적인 승부수를 일찍 뽑아 든 쪽은 마이클 조셉이었다.

8병영!

맵 센터에서 8번째 건설로봇으로 병영을 지은 마이클 조셉.

하지만 엔조 주앙은 생 더블 빌드를 시도할 생각으로 일찌감치 정찰을 대각선으로 보냈다.

서로의 위치가 대각선이면 거리가 멀기 때문에 병영 없이 바로 앞마당 확장 기지를 먼저 가져가는 과감한 수를 써도 되는 것이다.

마이클 조셉으로서는 불운했다.

정말로 서로의 위치는 대각이었고, 맵을 대각선으로 가로지르던 엔조 주앙의 건설로봇이 센터에서 병영을 짓는 것을 발견해 버렸다.

엔조 주앙은 즉각 빌드 오더를 수정, 생 더블을 하지 않고 병영과 광산을 먼저 건설했다.

마이클 조셉은 보병 3명과 건설로봇 1기로 공격에 나섰다.

하지만 엔조 주앙은 훤히 알고서 대비를 다 해놓았고, 결국 무난하게 막혀 버렸다.

―잘 막았습니다! 이렇게 되면 소기의 성과를 거두지 못했으니 마이클 조셉이 불리해진 겁니다!

―엔조 주앙은 그대로 테크 트리를 쭉쭉 올려서 항공정거장을 빨리 건설!

―오, 스텔스 전투기로 피해를 입히겠다는 의도죠.

―역시 전략가 엔조 주앙이네요. 하지만 이 판단은 단점도 있습니다. 도리어 불리했던 마이클 조셉이 먼저 앞마당 확장 기지를 가져가게 되었거든요.

—아! 그러네요!

—거기다가 병영 건물을 띄워 보내는 정찰도 마이클 조셉이 더 빠를 수밖에 없죠.

인류 대 인류전에 있어 중요한 점 중 하나가 '병영 정찰'이다.

즉, 거의 쓸모가 없는 병영을 짓자마자 건물을 띄우고 상대방 진영으로 날려 보내 정찰에 써먹는 것이었다.

그것을 통해 상대방의 빌드 오더를 파악할 수 있다.

병영 건물은 에너지가 많아서 꽤 오랫동안 상대 진영을 볼 수 있다.

마이클 조셉의 초반 찌르기를 막기 위해 본진에 병영을 건설한 엔조 주앙. 당연히 병영 정찰이 마이클 조셉보다 느렸다.

게다가 스텔스 전투기를 뽑기 위해 앞마당 확장 기지까지 마이클 조셉보다 늦게 가져간 상황!

스텔스 전투기를 찔러서 흔들고 이득을 보겠다는 엔조 주앙의 의도.

이신을 롤 모델로 삼은 두 사람은 아니나 다를까 둘 다 공격적이었다.

하지만 이번에는 엔조 주앙의 공격성이 이득이 될지 화가 될지 알 수 없었다.

—스텔스 모드까지 개발합니다!

—이건 끝까지 쥐고 흔들며 타격 입히겠다는 계산입니다! 마이클 조셉의 예고 올킬 선언 때문에 화가 많이 났던 모양입니다!

스텔스 전투기들은 요리조리 다니며 건설로봇들을 1기씩 사냥했다.

마이클 조셉에게는 대공 수단이 없었기 때문에 눈 뜨고 당할 수밖에 없었다.

다만 스텔스 전투기는 공대지 공격이 매우 약했다.

건설로봇 1기 잡는 것도 한세월.

그럼에도 엔조 주앙은 3기까지 모인 스텔스 전투기를 매우 효율적으로 사용하며 상대를 괴롭혔다. 그러면서도 고속전차도 생산해 앞에서부터 지뢰를 깔며 방어선을 구축해 놓기 시작했다.

지뢰로 지상군 진격을 늦추고 계속 스텔스 전투기로 괴롭힐 생각이었다.

—마이클 조셉은, 오! 기동포탑과 함께 기계보병을 생산합니다!

—단순히 스텔스 전투기를 잡겠다고 기계보병을 뽑은 것만은 아니거든요!

—타이밍입니다! 기동포탑, 기계보병 다수 뽑고 바로 진격할 생각입니다. 지뢰밭 뚫고 가는 데는 기계보병이 또 최고니까요!

해설진의 말 그대로였다.

마이클 조셉은 승부수를 던졌다.

계속 건설로봇을 1기씩 잡아내며 괴롭히는 스텔스 전투기들의 견제를 참으며, 끈덕지게 기동포탑과 기계보병을 모았다.

어느 정도 생산이 완료되자 즉각 진군을 시작했다.

—한번 와보라는 듯, 엔조 주앙도 계속 지뢰를 깔고 기동포탑을 적절하게 배치합니다!

—기동포탑들의 포격을 뚫으려면… 예! 저게 필요하죠!

건설로봇을 다수 진격에 대동하는 마이클 조셉!

일해야 하는 건설로봇까지 공격에 동원했다는 것은, 정말 이번 공격에서 끝장을 보겠다는 뜻이었다.

승부처가 될 전투가 시작되었다.

—퍼퍼퍼퍼펑—!!

—퍼엉!

—퍼어엉!

마이클 조셉은 건설로봇들을 앞세워서 상대의 포격을 받아냈다.

뒤이어 함께 전진한 기동포탑과 기계보병들이 돌파를 시도했다.

어지럽게 다니며 포위해 지뢰를 매설하는 엔조 주앙의 화려한 고속전차 컨트롤!

그 지뢰를 기계보병의 일점사로 모조리 제거해 버리는 마이클 조셉의 컨트롤도 예술적이고 침착했다.

—콰룽! 콰앙!

심장을 강타하는 효과음이 울려 퍼졌다. 이 화끈한 기동포탑의 포격 소리야말로 인류의 참맛이라고 마니아들은 입을 모은다.

—뚫었습니다!!

—정말 대단합니다, 마이클 조셉! 그대로 상대의 앞마당까지 쾌진격!

마이클 조셉의 뒤 없는 승부수는 통했다.

엔조 주앙의 방어선을 건설로봇까지 총알받이로 희생시켜 가며 뚫어버린 것이다.

스텔스 전투기로 계속 흔들어주며 주도권을 쥐려 했던 엔조 주앙의 한 수도 탁월했다. 하지만 이에 흔들리지 않은 마이클 조셉의 침착함이 돋보였다.

그 정도의 견제로는 내 멘탈을 흔들 수 없다!

마이클 조셉이 그렇게 이야기하고 있었다.

엔조 주앙에게, 그리고 작년에 라스베이거스에서 자신의 멘탈을 박살 낸 적 있었던 이신에게도 말이다.

마이클 조셉의 병력은 상대의 앞마당 앞에 진을 치고 밀봉해버렸다.

기계 보병도 있고 대공포까지 건설해서 엔조 주앙의 스텔스 전투기로도 어찌할 도리가 없었다.

—ENZO : GG.

승리하고 나온 마이클 조셉에게 박수와 환호가 쏟아졌다.

반면, 쓴웃음을 지으며 나온 엔조 주앙은 백팀의 벤치로 돌아와 이신에게 물었다. 말은 알아들을 수 없었지만 아마도 왜 졌냐고 묻는 모양이었다.

"막고 나서 바로 앞마당 갔어야지. 이득을 봤는데 네가 일부러 모험을 할 필요는 없었어."

알아들었는지 못 알아들었는지, 엔조 주앙은 한숨을 쉬며 대형 화면을 지켜보았다.

이제 백팀의 차봉이 나서고 있었다.

'조짐이 심상치 않은데.'

이신은 가만히 부스 안에서 눈을 감고 마인드 컨트롤을 하는 마이클 조셉을 보며 묘한 분위기를 느꼈다.

오늘 마이클 조셉은 심상치 않은 위압감을 풍기고 있었다.

그리고 그 조짐은 곧 현실로 나타났다.

2킬, 3킬…….

백팀의 차봉과 중견이 연달아 꺾여 버렸다.

마이클 조셉은 부스에서 나오며 백팀 벤치에 앉아 있는 이신에게 검지를 펼쳤다.

—하하하! 카이저를 향해 메시지를 던지고 있습니다.

—이제 한 명 남았다 이겁니다! 정말 대단해요! 오늘의 올스타전을 자신의 독무대로 만들고 있어요! 이 정도였던가요, 마이클 조셉!

—작년 말부터 시작해서 정말 기량이 하루가 다르게 발전하고 있는 미국의 마이클 조셉입니다!

—이대로 4킬까지 허용할 건가요? 마이클 조셉이 정말 예고대로 카이저에게 이르도록 가만히 내버려 둘 건가요?

—그건 이 선수의 자존심이 용납 못 하죠! 백팀의 부장, 아마

드 부티아입니다!

인도 출신의 프로게이머로 작년에 미국의 프로리그로 진출해 맹활약을 떨친 21세의 괴물 플레이어였다.

같은 리그에 있으면서 마이클 조셉과도 수차례 충돌한 바 있었다.

전적은 6 대 4로 마이클 조셉에게 밀리긴 하나 그리 많이 밀린다고 볼 수도 없는 팽팽한 전적.

미국에서는 한창 물 오른 마이클 조셉의 호적수로 떠오르는 스타였으며, 자국 팬들의 지지까지 받아 올스타가 된 것이었다.

아마드 부티아는 문득 이신을 보더니, 인도인 특유의 억양이 들어간 영어로 뭐라고 말하고는 부스로 떠났다.

'뭐래?'

이신은 어안이 벙벙해졌다.

영어도 잘 모를뿐더러, 저런 특수한 억양의 영어는 더더욱 알아듣기 어려웠다.

옆에 있던 엔조 주앙이 스마트폰의 번역기 어플을 실행해 알려주었다.

뜻은 대충 이러했다.

—너희 두 사람을 위한 엑스트라가 되지는 않겠어.

하지만 약 15분 후, 아마드 부티아는 시뻘게진 얼굴로 돌아왔다. 엑스트라가 되어버린 인도 청년의 분한 모습이었다.

경기장은 열광에 휩싸였다.

4킬을 올린 마이클 조셉은 지치지도 않는지 이신에게 도전적으로 손짓하고 있었다.

'이게 무슨 상황이야?'

정말로 올스타 백팀 4인을 박살 내고 여기까지 오다니?

그 짧은 사이에 급성장해 버린 마이클 조셉의 무시무시한 기세에 이신도 긴장하지 않을 수가 없었다.

선수들은 본디 컨디션에 따라 경기력이 크게 달라진다.

그런데 지금의 마이클 조셉은 스스로 했던 예고 올킬로 동기부여까지 확실한 탓인지, 최고조였다.

예전에 자신을 보던 다른 선수들의 기분이 이러했을까.

올킬의 마지막 재물이 될지도 모른다는 두려움.

숨 막히는 긴장감.

그리고 그것들과 함께 한편으로는 짜릿한 기분을 느꼈다.

팔팔한 데다 컨디션까지 최고조인 저 녀석을 꺾어버리면, 정말 기분 끝내줄 것 같았다.

제4장

리버스

부스에서 PC에 자신의 장비를 설치하면서 이신은 생각했다.

'어떤 전략을 쓸까?'

오늘의 마이클 조셉은 최고조였다.

쥐고 흔들려는 견제 플레이가 잘 통하지 않는다는 것은 엔조 주앙과의 일전에서 잘 보여주었다.

그렇다면 반대로 빈틈없는 디펜스로 찌를 구석을 전부 없애 버려서 답답하게 만들면 어떨까?

공격적인 성향을 가진 두 사람이지만, 이신은 때때로 그런 장기전을 구사할 줄도 알았다. 다만 싫어할 뿐이다.

'역시 그건 싫군.'

마이클 조셉을 이겨도 다음에 줄줄이 4명을 더 상대해야 하는데 장기전을 갔다간 맥이 빠지고 만다.

이신은 진지하게 고심했다.

맵은 나락.

'신족 맵이군.'

상성상 불리한 처지인 신족을 배려하기 위해서, SC 협회의 맵 제작자들은 신족에게 유리한 맵을 만들어주기 위하여 노력하는 편이다.

신족 맵은 만들기 어렵다. 자칫 잘못하면 인류 맵이, 혹은 괴물 맵이 되어버리기 십상인 것이다. 하지만 나락은 대표적으로 성공적인 신족 맵이었다.

'마이클 조셉은 나의 인류와 싸우기를 원하겠군.'

문득 이신의 입가에 미소가 번졌다.

'네가 원한다면.'

난 네가 원하는 걸 하지 말아야지.

이신은 그런 사람이었다.

정말 싫은 사람이 되는 것이 승부에 임하는 이신의 자세였다.

* * *

—하하, 카이저가 웃고 있습니다. 너무 어처구니가 없어서 도리어 웃음밖에 나오지 않는 건가요?

—마이클 조셉은 정말로 자기가 한 말을 지켰습니다. 이제

카이저만 이기면 정말로 올킬입니다. 카이저도 자신이 올킬 재물로 놓인 이 상황이 어이없겠지요.

—오 마이 갓! 카이저가 종족을 선택했습니다! 인류가 아니에요!

—신족!

"오오오오!"

"카이저! 카이저!"

관객들이 쩌렁쩌렁하게 반응했다.

세계 e스포츠의 핫한 이슈 중 하나가 바로 이신의 서브 종족!

이신이 인류가 아닌 신족으로 얼마나 잘하느냐는 전 세계 네티즌의 논쟁거리였다.

'카이저는 신족도 미친 듯이 잘한다.'

'깜짝 전략 카드로 구사할 뿐 메인 종족을 대체할 수 있는 수준은 아니다.'

e스포츠 팬들 사이에서는 두 가지 의견이 격렬하게 대립 중이었다.

이신은 지금까지 신족을 딱 세 번 보여줬다.

라스베이거스의 이벤트 매치 때, 마이클 조셉을 상대로 2세트에서 지뢰를 제거하며 싸우는 엄청난 거신병기 무빙을 보여주었다.

또한 한국 2020 후반기 개인리그 결승전에서 신지호를 상대로 그야말로 환상의 전략을 구현했다. 사략기의 전파방해와 거신병기를 조합한, 이른바 사략병기 전략이었다.

그리고 한국 2021년 프로리그 1라운드, 오성준을 상대로 사략기의 전파방해와 수송기에 태운 철갑충차의 조합이라는 화려한 전략을 또다시 펼쳤다.

이신의 신족은 평범한 신족과 궤를 달리했다.

강력한 유닛과 폭발적인 물량의 조화가 일반적인 신족 플레이어의 패턴인데, 이신은 그보다 신족이 가진 강력한 마법의 힘을 잘 활용했다.

정말 따라 하고 싶어도 따라 할 수 없는 곡에 같은 컨트롤을 보여준다는 점에서 이신의 신족은 매우 인기가 높았다.

이신의 신족을 지지하는 팬들은 그가 다른 신족 플레이어들도 흉내 내기 어려운 컨트롤을 완벽하게 구사한다는 점을 내세웠다.

잘 쓰지도 못하는 사략기의 전파방해를 그런 식으로 펼치는데 신족을 못하는 게 말이 되느냐는 얘기였다.

반대 의견으로는 이신의 컨트롤은 인정하지만, 기본적으로 정석이 아닌 매우 위험성 높은 깜짝 전략만 구사하므로 메인 종족 수준은 아니라고 말했다.

즉, 어쩌다 한 번씩 고비를 만날 때마다 써서 상대의 허를 찌르고 극복하는 것이 현재 이신이 가진 신족 플레이라는 소리였다.

—하하하! 카이저가 신족을 처음 보여줬을 때 상대가 바로 마이클 조셉이었지요?

—그때 당시는 메인 종족도 아닌 서브 종족에게 져 버렸으니 마이클 조셉으로서는 상당한 굴욕이었지요.

—하지만 지금 돌이켜 보면 굴욕이 아니에요. 이신은 여태껏 강적을 만났을 때만 신족을 꺼내들었거든요. 이번에도 마찬가지의 맥락이라고 봐야지요!

—그렇습니다. 벌써 40만 달러 기부를 확정지은 마이클 조셉의 오늘 기량이 카이저에게 위기감을 주었다고 봐야 합니다. 카이저는 동족전을 꺼려하는 경향이 있는데, 그렇다면 인류 스타일로 절정의 기량을 찍고 있는 마이클 조셉을 두려워할 만도 하거든요!

—그나저나 이번에도 사략기를 사용한 엄청난 전략을 보여줄지 정말 기대가 큽니다!

—예, 전 세계 팬들이 환호할 겁니다. 카이저가 신족을 써서 화려하지 않았던 적이 없습니다!

그렇게 5세트 경기가 시작되었다.

—M.J : Why holy blood?

경기 시작 직후 문득 마이클 조셉이 채팅으로 왜 신족을 골랐냐고 물어보았다.

공식전은 게임 도중의 사적인 채팅이 허용되지 않고 있는데, 올스타전은 공식전이 아니니 상관없었다.

오히려 선수들 간의 농담과 신경전이 담긴 채팅이 올스타전의 백미 중 하나였는데, 이번에는 마이클 조셉의 예고 올킬 때문에 많이 분위기가 경직된 편이었다.

마이클 조셉의 질문에 이신이 답했다.

—Kaiser : Because you hate it.

“하하하하!”

“싫어하니까 했대!”

“깔깔!”

“저게 카이저지!”

관객들이 너무나 좋아했다.

이미 상대를 괴롭히는 플레이를 즐기는 이신의 못된 근성은 그의 트레이드마크가 되었다.

이신의 그 유명한 명언도 있지 않은가.

“악의로 가득 찬 인간은 그 악의를 실현하기 위해 다양한 창의적인 발상을 하게 된다.”

남들이 좋은 생각을 하며 명상을 할 때, 상대에 대한 악의를 고취시키려고 명상을 한다고 하니 말 다 한 셈이었다.

이신은 8번째 신도로 생명석을 건설한 뒤 곧바로 정찰을 보냈다.

정찰 운이 좋았다.

첫 정찰을 보낸 1시에서 바로 마이클 조셉의 진영을 발견한 것이다.

'음?'

마이클 조셉은 앞마당 앞에 병영과 군량고를 짓고 있었다.

군량고 하나를 더 지으면 앞마당으로 가는 통로를 전부 틀어막는 심시티가 완성되는 상황.

마이클 조셉은 심시티로 보호해 놓고 빠르게 앞마당 확장 기지를 가져갈 생각이었던 것이다.

반면 이신은 참회실과 광물정제소를 지어 거신병기를 뽑기 위한 테크 트리를 올리는 상황.

이신이 첫 정찰로 발견하지 않았으면 심시티로 인해 신도가 들어가지도 못했을 터였다.

왜였을까?

이신은 단지 첫 정찰 성공이라는 운을 승부수로 연결 지었다.

참회실에서 광신도를 생산하며, 이신 본진에서 신도 5명이 일제히 뛰쳐나왔다.

—지금 뭔가요?!

—카이저가 일꾼들로 공격을 가고 있습니다!

그랬다.

그것은 공격이었다.

그 와중에 정찰 갔던 신도는 계속 병영을 짓는 건설로봇을 괴롭혔다.

건설로봇의 체력이 절반이나 닳자, 옆에서 군량고를 짓던 다른 건설로봇이 합세해서 맞섰다.

그러자 신도는 얄밉게도 싸우지 않고 물러나 상대의 본진으로 들어갔다.

본진 쪽에서 건설로봇 1기가 나와 신도를 계속 쫓아다녔다.

신도 5명이 도착한 것도 바로 그때였다.

—퍼엉!

신도들이 막 군량고를 완성한 건설로봇을 한순간에 에워싸 사살했다.

—교전이 벌어집니다!

—건설로봇 1기 잡았고요! 오, 이런!

이신의 손이 신속하게 키보드와 마우스를 연타했다.

신도 하나가 마이클 조셉의 본진 입구에 생명석을 건설했다.

—저기다가 생명석?!

—배리어 충전실을 지을 생각입니다! 하하!

신족의 모든 유닛은 배리어로 보호받고 있는데, 그 배리어는 시간이 지나면 조금씩 회복된다.

배리어 충전실은 그 배리어를 단숨에 회복시켜 주는 건물이었다.

건설로봇 1기를 잡은 신도들이 병영 앞에 옹기종기 모였다.

칼 같은 타이밍!

—으악!

그때 병영에서 막 생산된 보병이 나오자마자 신도들에게 린

치를 당해 죽어버렸다.

"와아아아아아!"

"오오오오!"

관객들이 감탄을 금치 못했다.

이신은 병영에서 보병이 언제 생산되는지, 그 타이밍을 초단위로 파악하고 있었던 것이다.

실로 엄청난 타이밍 감각이었다.

—일꾼으로 대거 공격해 올 줄을 누가 알았겠습니까! 마이클 조셉! 이대로 보고만 있어서는 안 되죠!

—예, 조셉도 갑니다!

마이클 조셉이 마침내 건설로봇을 대거 끌고 반격에 나섰다.

생명석에 이어 배리어 충전실까지 완성된 상황. 두 사람의 초미세 컨트롤 대결이 펼쳐졌다.

마이클 조셉은 앞마당에 참호를 건설하기 시작, 그리고 건설로봇 다수로 생명석을 집중 공격했다.

생명석이 파괴되면 배리어 충전실이 제 기능을 못하기 때문.

이에 이신의 대응도 빨랐다.

신도 1명은 참호를 짓는 건설로봇을 공격, 또 1명은 또 다른 생명석을 건설, 나머지는 병영에서 다시 생산된 보병을 귀신같이 에워싸 죽였다.

—으악!

"와아아아아아—!"

"카이저! 카이저!"

보병이 죽을 때마다 비명과 같은 환호성이 경기장을 쩌렁쩌렁하게 울렸다.

그리고 이신의 광신도가 도착했다!

—오 마이 갓! 광신도가 왔어요!

—참호는 건설로봇을 더 붙여서 간신히 완성했는데, 보병이 안에 있어야 소용이 있죠!

—마이클 조셉도 압니다! 그래서 건설로봇들이 일제히 앞마당으로 나옵니다! 일단 생산된 보병을 무사히 참호에 넣는 게 급선무!

계속해서 이어지는 긴박한 상황.

즉흥적인 러시였지만, 이신은 마치 처음부터 벼르고 벼른 전략인 것처럼 한 치의 빈틈도 없었다.

마이클 조셉이 병영 하나를 더 건설하려고 하자, 그걸 또 귀신같이 알고는 신도가 집요하게 따라붙으며 훼방을 놓았다.

그러면서 앞마당 쪽 병영에서 보병이 생산되자 양측이 사활을 걸고 싸웠다.

신도들과 광신도가 보병을 공격.

건설로봇들이 이를 저지하기 위해 달라붙었지만,

—으아악!

순간적인 이신의 광신도 무빙!

광신도의 긴 칼날에 걸려 보병이 참호 바로 앞에서 사망했다.

건설로봇들은 어떻게든 광신도부터 처치하려 했다.

하지만 광신도는 배리어 충전실로부터 배리어까지 충전된 채 미쳐 날뛰었다.

추가 생산된 광신도가 도착해 신도들과 함께 마이클 조셉의 본진을 휘저었다.

난장판이 된 마이클 조셉의 본진. 아마 마이클 조셉의 멘탈도 이러할 터였다.

대형 화면에 잡힌 마이클 조셉은 고개를 절레절레 젓고 있었다.

—M.J : GG.

—마이클 조셉 GG!

—오늘 놀라운 활약으로 4킬을 기록한 마이클 조셉이 끝내 카이저의 벽은 넘지 못했습니다.

—그 순간 신도들로 공격에 나서는 판단력! 정말 맹수 같은 감각이었습니다.

—이걸로 카이저의 신족은 무패행진 중이지요?

—오, 그러네요! 카이저의 신족이 정말 강하다는 것을 증명되었습니다. 준비된 전략이 아니라, 첫 정찰을 보고 내린 즉흥적인 판단이었습니다. 그런 임기응변은 정말 강하다는 증거거든요!

—자, 백팀 최후의 생존자! 하지만 그 사람은 다름 아닌 카이저입니다. 흑팀은 긴장해야 합니다. 저 사람이 카이저인 이상

아직 흑팀은 이긴 게 아니에요!

마이클 조셉이 아쉬움을 남긴 채 벤치로 돌아가고, 흑팀의 차봉이 준비를 시작했다.

그는 바로 왕펑카이.

이신을 도발했던 왕펑카이가 결의 어린 표정으로 장비를 세팅하기 시작했다.

'왕펑카이라…….'

이신은 가만히 왕펑카이가 종족을 고르는 것을 보았다.

왕펑카이는 인류를 골랐다.

'인류였구나.'

그제야 왕펑카이의 종족을 알게 된 이신이었다.

문득 재미있는 생각이 떠올랐다.

—Kaiser : Choice.

—Kaiser : human, monster, holy blood.

—G·Kai : human.

—Kaiser : ok.

이신은 괴물을 골랐다. 해설진과 관중들이 웃음을 터뜨렸다. 그런데 이신이 종족을 바꾸지 않자 모두들 당황하기 시작했다.

—카이저, 설마 정말로 괴물로 할 생각은 아니겠죠?

뜬금없이 이신으로부터 종족을 골라보라는 말을 들은 왕펑카이는 기가 막혔다.

'내가 원하는 종족으로 상대해 주겠다는 건가? 이런 미친……!'

자신이 그렇게 우습게 보인단 말인가?

중국 제일의 프로게이머인 자신이 이렇게 상대에게 얕보여서는 안 된다.

왕펑카이는 인류를 골랐다.

메인 종족이자 신화를 일궈낸 이신의 인류와 한판 승부를 보고 싶었다.

신이니 카이저니 해봐야 그 역시 똑같은 사람이다.

사람이 살다 보면 질 때도 있는 법이고, 이신도 마찬가지였다.

물론 카이저를 살아 있는 전설로 만들고 있는 것은 아직까지 그가 다전제에서는 져 본 적이 없기 때문이지만, 이건 다전제가 아니라 한 판으로 끝나는 승부였다.

왕펑카이는 호승심이 치밀어 올랐다.

저 대단한 이신에게 당당하게 도전장을 내민 스스로가 대견하고 자랑스러웠다.

하지만 한껏 자아도취된 왕펑카이에게 이신은 아주 시원하게 찬물을 끼얹어 버렸다.

—Kaiser : Monster.

이신이 괴물을 고르자 왕펑카이의 정신이 한 번 흔들렸다.

하지만 가벼운 농담이라고 생각했다.

'결국은 인류를 고르겠지.'

보다 어린 자신을 놀려주려는 가벼운 농담 혹은 도발 정도로 생각했다.

그런데 카운트다운이 시작되었는데도 이신은 종족을 바꾸지 않았다.

'설마 실수인가?!'

왕펑카이는 크게 놀랐다.

끝내 이신은 괴물에서 종족을 변경하지 못한 채로 게임에 임하게 되었다.

'실수? 실수겠지? 아니면 설마 진심으로 괴물로 날 이기려고 하는 건가?'

아까까지만 해도 충만했던 투쟁심은 온데간데없고, 왕펑카이는 불안을 느꼈다.

실수인 건지 진심으로 괴물을 고른 건지 알 수 없으니, 대항해야 할 상대의 플레이 스타일도 오리무중.

한마디로 상대가 어떤 전략을 잘 구사하는 괴물인지 이미지가 전혀 안 잡히는 것이었다.

*　　　*　　　*

최환열은 선수들과 함께 인터넷으로 생중계되는 올스타전을 보고 있었다.

—G·Kai : mistake?

왕펑카이가 실수냐고 묻는다.

마침 영상에 이신이 잡혔는데, 그는 대답은 하지 않고 그저 나직이 미소 짓고 있었다.

“저 악마 같은 자식.”

실수였는지 진심으로 괴물을 골랐는지는 아무도 모른다.

이신이 괴물로도 굉장한 수준의 플레이를 한다는 사실은 같이 훈련한 올도어SCC의 선수들만이 알고 있었다.

이신은 상대의 실체를 알 수 없어서 끙끙 앓는 왕펑카이의 심리를 파악하고 즐기는 게 분명했다.

“인류도 신족도 아니고 괴물을 고르다니…….”

“괴물한테 발려 버리면 기분 최악이겠다.”

“왕펑카이 불쌍해…….”

게임은 이제 막 시작했을 뿐이었다. 왕펑카이가 그렇게 얕볼 만큼 허접한 실력을 가진 것도 아니었다.

하지만 도무지 이신이 질 것 같지가 않았다.

왜냐하면…….

“안 그래도 잘하는 감독님이 오염된 성좌에서 질 리가 없지.”

그랬다.

이신은 그저 왕펑카이를 조롱하겠다고 괴물을 고른 게 아니었다.

6세트 맵이 괴물에게 매우 유리한 오염된 성좌였던 것이다.

저 맵에서 이신의 괴물과 게임을 하면 어찌 될지 안 봐도 알 수 있는 선수들이었다.

*　　　*　　　*

앞마당과 뒷마당에 확장 기지를 펼쳐 놓고 자원을 쭉쭉 먹은 이신은 금방 다수의 쐐기충을 생산해 냈다.

이신이 괴물을 플레이할 때 가장 좋아하는 순간이었다.

한데 뭉친 채 날아간 쐐기충 부대가 왕펑카이의 진영을 뒤흔들기 시작했다.

—퍼엉!

—퍼어엉!

쐐기충이 치고 빠지며 쐐기를 날려 건설로봇을 1기씩 사냥했다.

왕펑카이는 대공포를 곳곳에 지어놓고 대비를 해놓았지만, 이신은 이리저리 살핀 끝에 가장 약한 부분을 정확하게 노렸다.

—콰아앙!

대공포가 쐐기충의 집중공격에 폭발하고 말았다.

쐐기충이 그쪽을 파고들며 건설로봇을 계속 잡아주었다.

보병·의무병 부대가 우르르 몰려오자 빠져 버리는 쐐기충들. 하지만 다시 나타나서 회군하는 병력의 낙오병들을 잘라먹기 시작했다.

—으악!

—으아악!

삽시간에 보병 2명과 의무병 1명이 사살당했다.

또다시 병력이 몰려들자 슬그머니 뒤로 빠져 버리는 이신이었다.

잠시 물러선 뒤에 부상 입은 쐐기충을 빼버리고 새로 생산된 쐐기충을 합류시켜서 재정비. 그러고는 다시 뒷마당 확장기지에서 게릴라를 펼쳤다.

실로 집요한 견제 플레이.

본래 이러한 쐐기충 견제는 괴물이 인류를 상대로 시간을 벌기 위한 전략인데, 이신의 쐐기충 견제는 시간을 버는 수준이 아니었다.

—맙소사! 엄청난 컨트롤입니다!

—한 번도 삐끗하는 법이 없어요! 여기저기 취약한 부분만 귀신 같이 파고들어서 괴롭힙니다!

—왕평카이, 이대로 병력 진출 한 번 못 해보고 계속 견제만 당하다가 끝날 겁니까?!

—카이저는 이대로 끝낼 생각인 것 같은데요!

계속해서 새롭게 생산된 쐐기충들이 합류했다. 아예 쐐기충으로 끝장을 내버리겠다는 의도였다.

곳곳에 차지한 확장 기지가 엄청난 자원과 병력을 이신에게 제공해 주고 있었다.

왕펑카이가 제대로 견제해 주지 못하고 괴물을 방치한 결과였다.

대공포를 하나씩 깨부수고 자원을 캐는 건설로봇들을 거의 학살하다시피 했다.

각성제를 흡입하고 달려드는 보병들도 그대로 치고 빠지며 순간 삭제!

—아아! 왕펑카이, 너무 괴롭습니다!

—아무것도 못 해보고 얻어맞나요?! 저 쐐기충들이 쏘는 쐐기가 왕펑카이의 가슴이 박히고 있어요!

낑낑대며 방어하기도 벅찬 왕펑카이의 모습은 누가 봐도 안쓰러울 정도였다.

지대공 공격력이 우수한 기계보병까지 생산하며 쐐기충에 맞서보았지만,

—끼엑! 꿱!

—끼에엑!

쐐기충과 함께 우르르 몰려드는 것은 바로 바퀴들이었다.

바퀴 떼가 뒷마당을 습격해 그야말로 초토화시켜 버리고는 본진으로 밀고 들어갔다.

앞마당에 있다가 본진을 지키러 돌아오는 병력들은 쐐기충이 치고 빠지며 남김없이 잡아먹어 버렸다.

바퀴들의 물량 공세로 입구 심시티를 부숴 버리고 그대로

본진 침입.

병영이며 기갑정거장이며 보이는 인류의 건물을 닥치는 대로 박살 내기 시작했다.

끝까지 뭔가를 해보려 했던 왕펑카이는 결국,

—G·Kai : GG.

"와아아아아아!!"

부스에서 나온 이신은 환호하는 관객들에게 손을 흔들어주었다.

—괴물! 카이저가 괴물로 왕펑카이를 격파했습니다! 중국에서 우승까지 거둔 실력자 왕펑카이가 아무것도 못 해봤어요!

—정말 가공할 쐐기충 컨트롤이었습니다. 괴물이 쐐기충을 저 정도까지 쓰면 천적인 인류도 어찌할 도리가 없죠!

—인류와 신족에 이어 괴물까지! 대체 저 남자의 한계는 어디까지입니까? 나이를 먹을수록 오히려 더 괴물이 되어가고 있습니다! 정말 신입니까?!

그때였다.

이신이 수만 관객을 향해 손가락 세 개를 펼쳤다.

—앞으로 3명!

—하하하, 역 올킬을 선언하는 카이저! 예, 전 세계 최고의 스타들이 한자리에 모인 올스타전이지만, 예! 저 남자라면 정말 할지도 모릅니다. 예전에도 했었거든요!

그때부터는 광란의 파티였다.

vs 흑팀 중견 존 던.

현 캐나다를 대표하는 슈퍼스타로, 밴쿠버SCC의 에이스였다.

이신과도 인연이 있었는데, 주디·존 남매와 함께 밴쿠버SCC의 연습실을 방문했을 때 함께 훈련한 바 있었다.

하지만 존 던은 그때나 지금이나 이신의 고속전차 견제 플레이를 막지 못했다.

본진을 침투해 들어가 지뢰를 매설하고 날렵하게 신도들을 사냥하는 고속전차의 견제!

한 번 견제 루트가 뚫리자, 이신은 그 루트로 쉬지 않고 고속전차를 찔러 넣어 끝내 GG를 받아냈다.

―3킬! 오늘 처음으로 카이저 본연의 플레이가 나왔습니다.

―지금은 엔조 주앙과 마이클 조셉 등 대표적인 인류 플레이어가 많이들 구사하는 견제형 인류의 시초가 바로 카이저입니다. 역시 시초는 다르네요!

―슬슬 분위기가 이상해지기 시작합니다. 역 올킬이 가시권에 들어왔습니다. 흑팀의 다음 선수는 누구입니까? 누가 카이저를 막을 겁니까?

vs 흑팀 부장 리샤오친.

대만 출신의 프로게이머로 지금은 유럽에 진출해서 맹활약 중인 괴물 플레이어였다.

상대가 괴물이니, 이신은 당연히 인류를 골라 상대했다.

이번에는 2항공 빌드를 구사했다.

본진 플레이로 스텔스 전투기를 뽑아 하늘군주와 일벌레를 사냥하며 견제 플레이를 펼친 것이다.

자폭하러 쫓아오는 폭탄충을 터닝 샷으로 잡아내며 계속 활개 치는 스텔스 전투기 편대!

종이비행기처럼 약한 스텔스 전투기도 저렇게 컨트롤이 정교하면 상대하는 괴물 입장에서는 악몽이나 다름없었다.

이어지는 결정타는 바로 보병·의무병·기동포탑의 진격!

한 번에 덮쳐서 잡아먹으려 드는 괴물의 최후의 저항을 격파하고 GG를 받아냈다.

—오 마이 갓! 또 이겼습니다!

—카이저의 스텔스 전투기는 역시 무섭습니다!

—특유의 화려한 곡예비행 때문에 일부러 카이저의 2항공 빌드가 나온 경기를 찾아보는 팬들이 적지 않죠!

—오늘은 정말 카이저의 모든 것이 다 나오는 날인 것 같습니다. 이 자리에 오신 관객 여러분, 그리고 전 세계 시청자 여러분, 여러분은 정말 행운아입니다!

"와아아아아!!"

관객들이 호응하여서 열광의 함성을 터뜨렸다.

모두가 이신의 역 올킬을 바라고 있었다.

하지만 다음 상대는 또한 만만치가 않았다.

vs 흑팀 대장 알렉산더 스테인.

영국을 대표하는 신족 플레이어로, 그의 트레이드마크는 암흑사제였다.

하지만 그것은 워낙에 암흑사제를 잘 썼기 때문이고 알렉산더 스테인의 스타일은 바로 디펜스를 통한 장기전이었다.

'쉽지 않은 상대군.'

인류, 신족, 괴물 등 상대를 가리지 않고 다 강한 알렉산더 스테인은 작년의 월드 SC 그랑프리 개인전에서도 8강이라는 좋은 성적을 거둔 바 있었다.

게다가 이신은 많이 지친 상태였다. 올스타전인 만큼 상대도 하나같이 쉽지 않았다.

그나마 마이클 조셉을 이겼을 때가 좀 일찍 끝났지만 말이다.

'반지의 힘을 쓸까?'

피로를 풀어주는 반지의 힘이면 정신을 말끔하게 해주리라.

하지만 이신은 고개를 저었다.

중요한 공식전도 아닌데 그렇게까지 하고 싶지는 않았다.

그렇게 이신은 지친 몸을 이끌고 5세트에 임했다.

*　　　*　　　*

장장 42분간의 대혈투였다.

초반부터 펼친 이신의 견제 플레이가 계속해서 막히는 바람에, 견제 플레이가 막히는 횟수만큼 승부의 추가 알렉산더 스테인에게 기울었다.

하지만 그 시점에서 오늘의 명장면이 나왔다.

알렉산더 스테인이 차지한 3시의 섬 확장 기지를 이신이 친 것.

지상으로 갈 수 없는 섬.

이 섬에 확장 기지를 편 알렉산더 스테인은 캐논포로 도배를 해버려서 이신이 절대로 공격을 시도할 수 없게 했다.

'여긴 절대 못 치겠군.'

처음 레이더로 찍어보았을 때 이신은 헛웃음을 흘렸다.

하지만 이신은 2채나 되는 건물을 3시의 섬 확장 기지로 보냈다.

천천히 날아온 건물이 3시에 나타나 캐논포의 포화에 얻어맞기 시작했다.

그 순간, 항공수송선 2기가 날아들어 고속전차를 일제히 드롭.

건물들이 캐논포의 집중 공격에 당하는 사이, 8기의 고속전차가 자원을 캐던 신도들을 말끔하게 털어버리고 재빨리 내빼버렸다.

신도들이 사라져 버린 3시 섬 확장 기지를 보며 관객들이 열광을 터뜨렸다.

그렇게 승부의 균형이 돌아왔고, 이신은 버티기에 들어가 맵 자원을 전부 먹어치우는 장기전을 벌였다.

—경기 끝났습니다! 정말 대단한 경기였습니다!

—오늘 모든 것을 보여준 카이저가 녹초가 된 모습으로 나옵

니다! 오늘 마이클 조셉도 카이저도 모두 대단했습니다!

대형 화면은 탈진된 채 힘없이 걸어 나오는 이신을 비추고 있었다.

제5장

팀

—바로 저 장면입니다.

—와, 정말 이신 선수의 집요한 견제가 빛나던 순간이었죠.

한국.

올킬을 앞둔 이신의 마지막 경기의 하이라이트가 리플레이 되고 있었다.

건물로 캐논포의 공격을 받아내고, 그 틈에 항공수송선 2척이 고속전차 8기를 드롭한다.

고속전차들은 빠르게 신도들을 집중적으로 공격했다.

동시에 알렉산더 스테인의 본진과 앞마당도 급습해 시선을 빼앗았다.

알렉산더 스테인이 본진과 앞마당을 막았을 때, 3시 섬 확장 기지는 신도가 전멸한 상황.

그 순간에 3시에서 벌어진 이신의 컨트롤은 예술적인 수준이었다.

캐논포가 고속전차들을 공격하기 시작했을 때, 이신은 일일이 컨트롤해 한 번에 신도 3명씩 사살하는 미친 컨트롤을 펼쳤다.

신도를 전멸시키고도 절반에 가까운 고속전차가 살아서 항공수송선을 타고 살아 도망갔다.

여러 군데에서 동시 다발적인 테러를 가하여 일시에 불리했던 전세를 다시 팽팽하게 맞춰 버렸다.

—알렉산더 스테인 선수의 탄탄한 디펜스에 견제가 계속 막혀서 자연스럽게 불리해졌거든요. 그런데 그것을 더 집요한 견제로 기어코 성공시킨, 이신 선수의 무서운 공격 본능이 돋보였습니다.

—아, 표정 보세요. 아주 죽기 살기로 컨트롤했습니다. 4킬하느라 지쳐 있어서 더 힘들었을 거거든요.

영상에 나타난 이신은 투혼을 발휘하고 있었다.

한국의 해설진은 이신의 플레이를 낱낱이 분석하며 연신 감탄을 하고 있었다.

그렇게 견제에 크게 당하자 발끈한 알렉산더 스테인이 총공격에 나섰다.

거기서도 이신의 고속전차들은 활약했다.

신속하게 길목에 지뢰를 매설한 뒤, 곧장 우회해서 척후를

급습.

신족 전투의 핵심인 대사제들을 저격해 버렸다.

—알렉산더 스테인 선수의 판단도 좋았죠?

—예, 대사제를 잃으니까 바로 회군해 버렸죠. 대사제 없이 싸웠다가는 낭패를 보기 십상이었거든요. 그 대신 수송기를 활용한 소소한 견제 플레이로 대신 타격합니다.

—세계 올스타 10인에 선정된 선수다운 냉정한 판단입니다.

두 사람은 장기전을 준비하면서 끊임없이 서로를 괴롭혔다.

치열하게 서로를 물어뜯는 혈전!

—이신 선수가 확실히 예전과는 달라진 게 눈에 보입니다.

해설위원 정승태가 문득 말했다.

—어떤 점이 말입니까?

캐스터 이병철이 물었다.

—예전의 이신 선수였으면, 이렇게 견제를 계속 주고받는 난타전이 벌어졌을 때 템포를 더 끌어 올려서 상대가 숨차서 쫓아오지 못하게 만들었을 거거든요.

—아, 그렇죠. 확실히 이신 선수한테 같이 견제를 펼치며 맞받아치는 경우는 참 오랜만에 봅니다.

—이제는 세계 수준이 이신 선수를 따라잡았다는 뜻도 되지만, 반대로 이신 선수가 예전과는 다른 방식으로 자기 스타일을 바꿨다는 뜻도 됩니다.

—스타일을요?

—디펜스가 점점 좋아지는 추세다 보니, 이신 선수도 이제

무조건 더 빨리하기보다는 한 번의 견제를 해도 정교하게 설계해서 제대로 타격을 입히겠다는 마인드로 바뀐 거죠.

그리고 언급은 피했지만 이신의 피지컬이 예전처럼 압도적이지 못하다는 점이 컸다.

더 이상 옛날처럼 속도로 상대를 압살할 수만은 없는 것이었다.

마이클 조셉이나 박영호, 최영준 등 피지컬에서 이신에 필적하거나 능가하는 신진 강자들이 탄생했다.

옛날처럼 해도 능히 일류는 유지할 수 있지만, 이신은 권좌를 지키기 위해 자신의 스타일에 수정을 가하였다.

심지어 반쯤 장난삼아 했던 신족과 괴물까지도 실전에 써먹기 시작했다.

마침내 경기가 끝났다.

이신은 녹초가 된 얼굴로 부스에서 걸어 나왔다.

지쳐서 걸어 나온 이신은 관객석을 향해 손을 들었다.

그것은 세리머니였다.

"꺄아아아아악!"

"으아아아아!"

"카이저! 카이저! 카이저!"

수만 관객석은 그야말로 열광의 바다.

0 대 4의 상황에서 홀로 상대 팀 5인을 격파했다.

그것은 환상의 역전극이라 불리는 역 올킬이었다.

—이것으로 이신 선수는 다시 한번 증명했습니다. 아직 자신

이 e스포츠의 정점에 서 있다는 것을 말입니다.

—예! 엔조 주앙, 마이클 조셉 등 최강자의 자리를 넘보고 있는 세계 유수의 선수들에게도 똑똑히 보여줬습니다. 원하는 그 자리는 자신을 넘어야 가질 수 있다고요.

이신의 역 올킬은 전 세계를 흥분케 했다.

특히나 한국 팬들의 열광이 대단했다. 전 세계에서 최고의 스타들이 한자리에 모인 축제에서 거둔 역 올킬이었다.

그 같은 이신의 활약이 카타르시스를 느끼게 했다. 저런 위대한 선수가 같은 한국인이라고 말이다.

—2021 월드 SC 올스타전, 이신의 독무대로

—이신 세계 최강자들 상대로 역 올킬!

—신이라 불리는 이유

—월드 SC 협회 "세계 e스포츠는 아직 카이저를 따라잡지 못했다"

—더욱 더 진화한 이신, 3종족 모두 플레이해 올킬!

—월드 SC 올스타전, 이신의 경이로운 활약에 힘입어 흥행!

복귀 후 이신이 처음으로 가진 세계 무대였다.

그가 돌아왔을 때 팬들이 가졌던 기대를 완벽하게 부응한 한 방이었다.

2021년, 세계 e스포츠의 최강자는 아직 이신이었다.

*　　*　　*

모든 것이 순조로웠다.

이신은 올스타전에서 맹활약을 떨쳐 다시금 전 세계 팬의 관심을 집중시켰다.

모두를 경악시키고 감탄시킨 역 올킬!

아쉽게도 그 희대의 명경기는 유료로 판매되지 않았다.

기본적으로 e스포츠 팬들을 위한 축제인 올스타전은 무료 공개였기 때문.

심지어 올스타전 출전도 돈을 받지 않고 명예만 보고 한 것이었다.

하지만 이신은 아쉬울 이유가 없었다. 돈에 관한 한 제갈량처럼 신을 받드는 이신교의 교주가 있었기 때문이었다.

지수민은 이신의 역대 경기들 중 명장면만 추려서 판매했다.

시즌이 지난 경기는 무료로 공개되지만, 그녀가 노린 점은 바로 해외 팬들.

명장면만 추출한 뒤에 한국 해설진의 해설에 자막을 붙여서 판매한 것이다.

e스포츠 경기에 해설은 굉장히 중요한 부분이라, 자막이 붙어 있다는 이유만으로 그 패키지 상품은 해외 팬들에게 불티나게 팔렸다.

이신의 계좌로 돈이 소나기처럼 꽂히고 있었다.

그렇게 이신이 올스타전에서 히트를 친 동안, 올도어SCC도

팀 제미니를 상대로 3 대 0의 승리를 거두었다.

선수들의 역량과 최환열의 전략적인 엔트리가 모두 적중된 압승이었다.

1세트는 기량이 절정으로 치닫고 있는 차이가 언제나처럼 가볍게 승리를 따냈다.

2세트는 한태화가 출전했다.

도박성 깜짝 전략을 즐기는 이색적인 괴물 플레이어 한태화.

그의 상대는 팀 제미니의 간판 에이스인 광전사 오광태였다.

상대 팀 에이스를 맞이한 올도어의 1.5군 한태화는 타이밍을 꼬고 꼬는 심리전을 펼쳤고, 예측 못 한 타이밍에 올인 러시를 감행했다.

결과는 승리!

한태화 본인의 아이디어에 최환열까지 붙어서 보완해 준 그 전략은 완벽하게 먹혀들었다.

2세트에 오광태가 나올 거란 걸 예측하고 한태화를 저격수로 내보낸 최환열의 엔트리 전략의 승리였다.

한태화의 전략은 너무도 치밀하고 완벽했기에 모두를 감탄시켰지만, 아쉽게도 오늘의 명경기상은 한태화의 것이 아니었다.

3세트에 출전한 박진수.

박진수는 인류를 상대로 만나 열심히 갈고 닦은 철갑충차 컨트롤을 선보였다.

수송기에 태운 철갑충차 2기는 절묘한 컨트롤에 힘입어 무려 48킬을 올렸다.

철갑충차는 묘한 매력이 있는 유닛이었다. 느릿느릿하고 짜증나지만, 한 번 쏜 충격탄이 제대로 적중만 하면 짜릿한 폭발감을 느낄 수 있다.

그런데 무려 48킬!

경기가 얼마나 짜릿했을지 안 봐도 알 수 있었다.

박진수가 어지간히도 컨트롤을 잘했다고밖에 볼 수 없었다.

그렇게 팀 제미니를 셧아웃시켜 버려 4, 5세트에 대기 중이던 주디와 유진영에게까지 기회가 오지는 않았다.

"한태화랑 박진수를 활용해서 승리를 하나씩 줬군."

"응. 두 사람 다 출전 기회 주기가 쉽지 않았는데 잘됐지, 뭐."

이신은 최환열을 물끄러미 바라보았다.

"왜 그렇게 봐?"

"질투 나서."

"……?"

"엔트리랑 선수 관리는 나보다 낫네."

최환열은 순간 황당해졌다.

"부러울 게 다 있다. 난 한 번도 못 나가본 월드 SC 올스타전에 단골 출장을 하고 역 올킬까지 한 녀석이!"

"내 감독 자리 넘보지 마."

견제까지 하는 이신.

최환열은 갈수록 황당해서 말이 나오지 않았다.

하지만 단체 생활에 체질적으로 맞지 않는 이신이 최환열보다 감독으로서의 자질이 부족한 것은 사실이었다.

주디, 차이, 존 등을 보면 알 수 있듯 제자 몇 명 키우는 데는 탁월하지만, 수많은 선수를 관리하고 장점을 찾아주는 역할은 최환열보다 떨어질 수밖에 없었다.

이신조차도 최환열이 발굴시켜 준 케이스이니 말이다. 애당초 그걸 알기에 이신도 수석코치로 최환열을 앉힌 것이었다.

"참, 너 없는 동안 연습생 애들 3명 준프로 자격증 땄다."

"그래?"

"애들 자질은 괜찮은 것 같아. 솔직히 1군까지 갈 수 있을지는 잘 모르겠지만 일단 지켜봐야지."

여기저기서 성과가 나고 있었다.

'팀이 잘 돌아가고 있군.'

신생 팀으로서의 불안 요소가 전혀 없이 모두가 호흡이 척척 맞고 있었다.

'이제 전략 팀을 슬슬 도입해도 괜찮지 않을까?'

그런 생각이 들기 시작했다.

해외의 명문 팀처럼 제대로 된 첨단적인 전략 팀을 만들려면 시간이 많이 필요하다.

미국에는 심지어 수학을 전공한 전략연구원까지 있을 정도였다.

한국에서는 그런 인력을 찾기가 매우 어려웠다. 전략 팀이라는 개념 자체가 없다시피 하니 말이다.

자칫 섣불리 도입했다가는 호흡이 척척 맞고 분위기 좋던 팀에 쓸데없이 평지풍파를 일으키는 꼴이 될 수도 있었다. 그러다가 문득 좋은 생각이 떠올랐다.

'내가 따로 개인적으로 운영해 볼까?'

요즘 돈이 차고 넘치는 이신이었다.

네댓 명쯤 고용해서 월급 줘가며 전략 팀 운영하는 일쯤이야 아무런 문제도 없었다.

개인적으로 해보는 일이니 안 되겠다 싶으면 그냥 계약 만료 후 해체시키면 되는 일!

'선수 생활 은퇴하고 일거리가 없는 사람들을 좀 찾아봐야겠군.'

되도록 1군 출신이면 좋겠다는 생각이 들었다. 공식 경기에서 좀 뛰어봤어야 아는 게 더 많기 때문이다.

아무튼 은퇴 후에 변변한 일거리가 없는 선수 출신들을 볼 수 있는 아주 좋은 장소가 있었다.

이신은 파프리카TV에 접속했다.

*　　　*　　　*

신족의 항공모함 한 부대가 유유히 날아왔다.

항공모함에서 발진한 전투기들이 메뚜기 떼처럼 인류의 진영을 초토화시켰다.

"아! 젠장!"

개인 방송을 하던 BJ 이지태는 신경질을 내며 GG를 쳤다.

방금 별사탕 300개짜리 스폰빵에서 패배해 버렸기에 기분이 매우 좋지 않았다.

"와, 진짜! 항공모함 알고 대비했는데 왜 졌지?"

단지 져서 별사탕을 놓친 것뿐이라면 이렇게 기분이 나쁘지 않았다.

문제는,

—ㅉㅉㅉ또 졌냐?

—이제 그만 한강 가자.

—네 다음 변명

—ㅋㅋㅋㅋㅋ소문난 맛집.

—여긴 무슨 다른 BJ들 별사탕 자판기냐?

—병력 꼬라박기 오졌고요.

30명밖에 안 되는 시청자들이 혼연일체가 되어 이지태를 조롱하고 있었다.

'정말 살맛 안 난다.'

한때 프로 팀에서 10년을 몸담으면서, 1군 선수로도 1년간 뛰었던 이지태였다.

다시 2군으로 강등된 뒤에는 개인 방송 쪽이 더 유망해 보여서 BJ로 전향하였다.

하지만 개인 방송의 세계는 쉬운 일이 아니었고, 선수 생활을 은퇴하자 자기 관리가 되지 않아 기량까지 급격히 하락해

이 지경에 이르렀다.

'정말 어디 취직이라도 해야 할까?'

그런데 그때였다.

—Player_SIN : 싸우는 장소가 잘못됐잖아.

처음에는 가짜인 줄 알았다. 저 유명한 아이디를 사칭하는 놈들이 한둘이 아니었기 때문이었다.

그런데,

—Player_SIN 님께서 별사탕 1만 개를 선물하셨습니다.

"어, 어어?!"

기겁을 한 이지태.

시청자들도 덩달아 놀라 흥분했다.

—헐, 뭐야. 진짜 이신이다.

—여길 왜 왔대?

—신 님, 아무리 여기가 맛집이라고 소문이 났어도 신 님까지……

—통 큰 기부!

—이지태의 불쌍함이 신 님의 마음을 움직였도다.

정신이 없는 와중에 이신은 말 한마디만 남겨놓고 퇴장해 버렸다.

—Player_SIN : 연락해.

그날, 파프리카TV의 몇몇 비인기 게임 BJ들 사이에서 같은 일이 벌어졌다.

*　　　*　　　*

'왜 갑자기 날 보자고 하는 거지?'

비인기 BJ 이지태는 의아해하면서도 일단은 약속 장소로 이동했다.

이신과는 한때 같은 소속 팀에 있었다. 핸드폰에 이신의 연락처가 있긴 했지만, 서로 연락 안 한 지는 벌써 3년이 넘어간다.

'설마 코치 같은 걸로 고용하려고 하나? 그럼 좋겠다.'

올도어SCC는 코칭스탭들도 근무 조건이 좋다고 들었다.

어차피 개인 방송도 잘 안 되는데 그쪽으로 일자리가 나면 좋겠다는 생각이 들었다.

약속 장소인 카페에 들어서서 직원에게 이신의 이름을 댔다.

"이쪽으로 오세요."

여자 알바생이 이지태를 칸막이가 쳐져 있는 구석진 자리로 안내해 주었다.

"어? 지태도 왔네."

"이걸로 파프리카에서 죽 쑤는 애들을 여기 다 모였다, 낄낄낄."

자리에는 익히 알고 지내는 게임 BJ들이 모두 모여 있었다.

하나같이 동시대에 선수 생활을 했고, 은퇴하고서도 파프리카TV에서 활동하며 서로 스폰빵도 하는 관계였다.

"다들 신이가 불러서 온 거야?"

이지태가 물었다.

"그래."

"니들도 그랬지? 대뜸 방에 나타나더니 별사탕 1만 개 쏘고 가더라."

"완전 소문 쫙 났잖아. 이신이 여기저기 불쌍한 BJ들 찾아다니며 1만 개씩 기부하고 다녔다고."

"기부의 신이라더라, 낄낄."

"근데 왜 부른 건지 이유를 모르겠네."

BJ들은 한자리에 모이자 잡담을 나눴다.

그런데 그때, 이신이 정확한 약속 시간에 나타났다.

"안녕하셨습니까."

이신은 모두에게 인사했다. 다들 그보다 선배였고 안면이 없는 사이도 있었기에 말투는 정중했다.

"어, 그래."

"와, 이신을 다 보네."

"올스타전 역 올킬 축하한다."

다들 별사탕 1만 개씩 받은 터라 이신에게 매우 호의적이었다.

무슨 일로 부른 것인지는 모르겠지만, 아무튼 이번 기회에 친분을 다져 놓아서 나쁠 게 없었다.

다 떠나서, 상대는 모든 프로게이머가 추앙하는 신 아닌가.

"여러분께 제안할 게 있어서 불렀습니다."

자리에 앉자마자 용건을 꺼내는 이신!

"야, 일단 커피라도 좀 주문하고……."

"와, 성격 진짜 소문 그대로네."

이신은 아랑곳하지 않고 말을 이었다.

"여러분을 전략 팀의 연구원들로 고용하고 싶습니다."

"전략 팀?"

"그거 올도어SCC의?"

"전략 팀을 만들겠다는 거야?"

모두들 깜짝 놀랐다. 이신은 차분하게 설명했다.

"언젠간 팀에 전략 팀을 만들 생각이긴 하지만, 아직은 실험성이 다분하기 때문에 정식으로 도입할 수 없습니다."

"그럼?"

"일단은 실험 삼아 제가 개인적으로 전략 팀을 도입해 보기로 했습니다. 제가 운영하고 월급도 제가 지급하면서 1년 정도 해볼 계획입니다."

"개인의 전략 팀이라고?"

"월급도 사비로 주면서?"

"와, 스케일 보소."

"하긴, 돈 무지 많으니까……."

"돈 많은 남자는 저런 생각까지 할 수 있구나."

"야, 손목시계 하나 팔아도 몇 명 연봉 나온다."

부름을 받고 모인 BJ 6인은 한마디씩 농담을 늘어놓으면서도 이신의 스케일과 행동력에 놀라워했다.

그중 이지태가 살짝 손을 들며 물었다.

"그럼 네가 우리를 다 고용하겠다는 소리야?"

"어."

"좀 더 구체적인 조건을 듣고 싶은데, 일단은 앞으로의 비전부터 듣고 싶어."

올도어가 아닌 이신 개인이 제안한 일자리라고 하니 약간 실망했던 이지태였다. 하지만 일을 벌이는 사람이 저 이신이니, 무언가 원대한 계획이 있을 거다 싶었다.

그걸 듣고 싶었고, 다른 이들도 마찬가지였다.

이신이 말했다.

"일단 1년. 급여는 월 2백. 일단 개인적으로 전략 팀을 운영해 보고, 성과가 좋거든 그대로 올도어SCC의 정식 전략 팀으로 만드는 것이 제 목표입니다."

"성과가 좋으면 정식으로 올도어SCC 소속의 스탭이 된다는 거군."

"확실히 전략 팀이 뭘 어떻게 일하는 건지 우리도 잘 모르니까."

"우리가 할 수 있을까? 월 2백이면 나쁜 건 아닌데……."

"1년 뒤에는 어찌 될지 모른다니까 선뜻 뛰어들기도 좀 그러네."

의견을 모두 듣고 난 이신이 다시 입을 열었다.

"현재 하시는 개인 방송을 계속해도 상관없습니다. 그날그날 일을 한 결과만 있으면 됩니다."

하던 개인 방송을 계속할 수 있다니 일단 불안감은 조금 수그러들었다.

이신은 계속 말했다.

"일단 제가 이 전략 팀에 당장 바라는 것은 통계 분류입니다. 이 선수가 이 맵에서 이 종족 상대로 이 빌드를 쓰더라, 하는 참고 자료 말입니다."

"아."

"그런 거라면 어렵지 않네."

BJ들이 수긍을 하기 시작했다.

"이걸 보면 이해가 쉬울 겁니다."

이신은 자신이 개인적으로 만든 분석 자료를 내밀었다.

그것은 바로 숙적 황병철에 대한 분석 데이터. 이신은 자신이 만든 분석 자료 중 가장 큰 효과를 거둔 것을 참고로 제시한 것이다.

"와, 되게 꼼꼼하다."

"이렇게 보니까 병철이 불쌍해."

"이렇게까지 분석당하니까 계속 박살 나지."

분석 데이터를 읽어보며 6인이 감탄을 했다.

"그걸 보면 객관적인 데이터도 있고, 제 주관이 들어간 데이터도 있습니다. 일단 객관적인 데이터 위주로 자료를 짜되, 각자의 의견이 반영된 사항은 전략 팀 멤버 중 몇 명이 동의했는지 퍼센티지로 표기하면 좋을 겁니다."

이신이 계속 설명했다.

"그렇게 분석 경험이 쌓이고 쌓이면, 나중에는 저격 전략·전술까지 개발할 수 있을 정도로 성장하리라 생각됩니다."

"잠깐."

그중 가장 연장자인 30세의 BJ 박중호가 문득 입을 열었다.

"이야기는 잘 들었어. 나름 생각이 깊다는 것도 알았고. 그런데 왜 우리에게 먼저 이런 제안을 한 거야?"

"일단 길든 짧든 1군 경험을 해본 사람 위주로 물색했습니다. 그리고 지금도 여전히 게임을 손 놓지 않은 조건도 있었고, 그게 이 자리에 모인 여러분입니다. 그리고……."

이신은 덧붙였다.

"이 전략 팀의 책임자는 우리 팀의 플레잉코치인 박진수가 맡을 겁니다."

이들을 고른 이유 중 하나가 바로 이것.

전략 팀의 팀장이 될 박진수의 아래에서 일하게 된다 해도 별 불만이 없을 사람들 위주로 선별했다.

현역 시절의 커리어로 따져 보았을 때, 박진수를 능가하거나 필적할 사람은 이 자리에 없는 것이다. 그러니 자신들보다 어린 박진수가 팀장이 된다 해도 잡음이 없으리라 싶었다.

미리 얘기를 해놓은 이유는, 이 점에 불만이 있는 사람은 제안에 응하지 말라는 뜻이었다.

"아무튼 우리가 모여서 이 정도 퀄리티로 분석 데이터를 만들면 된다 이거지?"

"예, 일단은 그게 첫 목표입니다. 차차 퀄리티가 높아지리라 생각됩니다."

"업무 시간 외엔 하던 일도 계속해도 되고?"

"예."

"4대 보험은 당연히 없겠고, 업무 시간은?"

"오전 10시부터 오후 6시까지."

업무 시간이 길어봐야 의미 없는 일이라고 판단했기에 널널하게 정했다.

"계약 기간은 1년에, 그 뒤에 팀이 해체될 수도 있고 올도어 SCC 소속으로 정식으로 합류할 수도 있다 이거지?"

"맞습니다."

박중호는 연장자답게 중요한 사항을 전부 정리했다.

그는 다른 5인에게 물었다.

"다들 어때? 난 해볼 생각인데. 진수와도 친한 사이라 걔가 팀장이 되는 것도 거부감 없고."

정규직은 아니지만 나름대로 장기적인 비전을 갖고 시작하는 프로젝트라는 점, 그리고 사랑하는 게임을 계속 직업으로 할 수 있다는 점 등이 박중호의 마음을 움직였다.

"저도 할게요."

이지태도 찬성하고 나섰다.

"나도."

"잘됐네. 난 개인 방송 아예 때려치우고 여기에 올인해야겠다."

"뭐, 잘하면 올도어에 취직할 수 있다니까."

"그래, 까짓것 이신이 하는 일이니 해본다."

6인 모두가 찬동했다.

이신은 회심의 미소를 지었다.

"좋습니다. 그럼 조만간 사무실을 마련해 놓고 연락드리죠. 박진수는 플레잉코치라 시간을 많이 낼 수 없으니, 중호 형이 부팀장이 되셔서 평소에는 책임자 역할을 해주세요."

"오케이."

이신은 나름대로 치밀하게 인사를 꾸몄다.

이 중 가장 연장자인 박중호가 CT 출신으로 박진수와 절친한 사이라는 점!

자연스럽게 박중호가 모두를 관리하면서 책임자인 박진수와도 원활하게 소통되는 체계를 설계한 것이었다.

박중호가 거절했으면 이신의 의도가 크게 벗어나는 것이었는데, 운이 좋았다.

그렇게 이신의 전략 팀이 탄생했다.

이신은 굉장히 빨랐다.

올도어 본사 인근의 빈 사무실을 월세로 1년 계약했다.

그리고 책상·의자·PC를 7세트씩 구매해 갖다 놓고 이신과 고용 계약을 맺은 6인을 불러들였다.

"오, 좋은데?"

"책상, 의자, PC 전부 새삥이야."

모두들 깔끔한 사무실을 좋아하는 가운데, 박중호가 걱정스럽게 물었다.

"이것들 다 네 사비로 한 거 아냐?"

"맞습니다."

"사무실 규모나 시설 보니까 월세도 비쌀 것 같은데."

"괜찮습니다."

사무실을 차리고 6인에게 연봉 2,400만 원씩 지급하는 것까지 전부 떠맡았지만, 이신에게는 정말로 별게 아니었다.

"액수야 어쨌든 손해를 감수하는 일이잖아. 그냥 올도어SCC 측에 말해서 지원을 받지 그랬어."

"그깟 돈은 상관없습니다. 팀에 전략 팀 도입해서 실패했다는 전례를 남기고 싶지 않습니다."

이신이 말을 이었다.

"전략 팀을 도입했다가 별다른 효과를 거두지 못하면 다른 팀들은 역시 팀에 더 투자할 필요가 없다고 생각하겠죠. 그걸 피하고 싶어서 개인적으로 실험하는 겁니다."

"…거기까지 생각한 거야?"

박중호는 경외 어린 표정으로 이신을 바라보았다.

"물론 성공적일 경우에는 올도어SCC 소속으로 편입되어서 더 높은 연봉을 받을 수 있게 해드리겠습니다."

"그래, 한번 최선을 다 할게. 후배가 그렇게까지 깊은 생각으로 시작한 일인데 우리도 적당히 할 수는 없지."

게임에 대한 이신의 열정은 박중호의 감동을 샀다. 그렇게까지 의미 있는 생각을 해본 적 없는 다른 이들 또한 숙연해졌다.

그렇게 속성으로 탄생한 이신의 개인 전략 팀은 실험적인 첫 분석에 들어갔다.

분석 대상은 바로 당장 일전을 앞두고 있는 쌍성전자였다.

박중호를 중심으로 똘똘 뭉친 전략 팀은 의욕적으로 쌍성전자의 1군 선수들을 분석했다.

지난 경기들을 전부 보며 통계 데이터를 수집하고, 각자의 의견이 첨언된 강점과 약점 분석까지 들어갔다.

그런 주관적인 분석 평에는 몇 명이나 그 의견에 동의했는지도 표기되어 객관성을 더하였다.

나름대로 이신이 생각했던 것처럼 꽤 체계적인 분석이 이루어진 것이다.

하지만 그렇게 의욕적으로 만들어진 분석 데이터 결과물을 보고 이신은 눈살을 찌푸릴 수밖에 없었다.

'뭐가 이렇게 개발새발이야?'

온통 장문의 글로 이루어진 허접한 문서 파일!

보기 쉽도록 하는 표나 그래프는 눈 씻고 찾아봐도 없었다.

띄어쓰기와 맞춤법 또한 엄청난 자유도를 자랑했다.

어찌 보면 당연한 일이었다.

어려서부터 게임만 죽어라 했던 인간들 중에 파워포인트나 엑셀을 다룰 줄 아는 작자가 있겠는가?

결국,

“컴퓨터 활용 능력 자격증을 딴 사람은 월급을 50만 원 인상하겠습니다.”

그리고 전략 팀 사무실로 맞춤법과 문장 등에 관련된 책을 잔뜩 주문해서 보냈다.

그 의미를 모를 리 없을 터.

최연장자인 박중호가 가장 민망해했다.

제6장

성과

전략 팀은 비록 구색은 엉망진창이었지만, 내용은 그럭저럭 쓸 만한 분석 데이터를 내놓았다.

이신은 검토해 본 결과 상당히 유용한 데이터라고 판단, 이를 토대로 엔트리를 짰다.

"괴물은 유진영만 내."

"태화는? 요번에도 내보낼까 싶었는데."

쌍성전자는 우수한 신족 플레이어들이 많은 팀이었다.

때문에 최환열은 신족의 천적인 괴물 플레이어를 많이 낼 생각을 하고 있었다.

올도어SCC에서 엔트리로 낼 수 있는 괴물 플레이어는 유진영과 한태화였다.

"올해 들어서 쌍성전자 신족 애들의 대사제 활용 폭이 크게 늘었어."

"그래?"

"작년 포스트 시즌 때 JKT한테 고생했던 기억이 있어서 괴물전을 크게 보완한 거야. 실제로 올해 들어서 쌍성전자의 신족 애들이 괴물한테 안 졌고."

이신이 계속 말했다.

"게다가 쌍성전자에는 신지호도 있어."

유진영과 한태화 둘 중 하나가 신족 잡으러 나갔다가 신지호에게 걸리면 그냥 졌다고 봐야 했다. 그만큼 단단하게 연마된 신지호의 인류는 괴물이 잡기 어려웠다.

"일단 중요한 건 신지호를 잡는 거야."

"신지호를 잡을 수 있는 가능성이 있는 사람은 너나 차이, 그리고 료 정도인가?"

후반에 화려한 항공모함 컨트롤을 자랑하는 사나다 료는 신지호 같은 디펜스 좋은 인류에게 강한 면이 있었다.

이신은 고개를 끄덕였다.

"료는 출전시키자."

쌍성전사가 신족 제국이라 불리지만, 사나다 료의 실력도 만만치 않았다.

최영준만 아니면 누구와 붙든 사나다 료가 할 만했다.

"그리고 신지호가 나설 만한 맵은 나나 차이가 갈 거야."

"너는 몰라도 차이가 신지호를 이길 수 있으려나."

"해볼 만해."

올도어SCC의 에이스는 단연 이신.

하지만 이신이 출전하지 않았을 때는 차이가 에이스 역할을 대신 맡고 있었다.

그만큼 차이의 기량은 눈에 띄게 좋아졌다.

이제 인류 대 인류로 붙으면 이신조차도 쉽사리 승리를 장담할 수 없었다.

'올해가 지나기 전에 날 능가할지도 모르겠군.'

프로리그에 거의 붙박이 주전으로 출전해 경험을 쌓으면서, 점점 괴물이 되어가는 차이.

특히 지난번에 박영호에게 아깝게 패한 뒤로는 각성이라도 했는지 정말 무섭게 성장했다.

"그럼 나머지 한 명은?"

"4세트 맵이 무난하니까 거기에 주디 보내자."

"뭐, 주디가 무난하지."

그렇게 출전 멤버는 결정되었다.

가장 좋은 시나리오는 처치 곤란인 최영준을 이신이 격파하고, 신지호는 차이나 사나다 료가 격파하는 것이었다.

그럼 나머지 선수들 중에서 1승 이상은 나올 테니 올도어SCC의 승리였다.

"최영준은 1세트나 3세트에 나올 텐데, 아마 1세트가 유력하겠지. 내가 1세트 나갈게."

"그래……."

최환열은 동의하면서도 떨떠름한 표정으로 이신을 쳐다봤다.

이신이 그 시선을 보곤 고개를 갸웃거렸다.

"문제 있어?"

"아니, 너 왠지 평소보다 더 쌍성전자에 대해 조사를 많이 한 것 같다?"

"전략 팀 만들었어."

"뭐?"

"지금 내가 월급 주면서 부리고 있어. 사무실은 근처에 있고."

"…그러니까 네가 개인적으로 전략 팀을 만들어서 쌍성전자부터 분석하게 했다고?"

"어."

"언제?"

"이틀 전에."

최환열은 기가 막혔다.

"올스타전 다녀와서 바로 만들었다고? 무슨 놈이 행동이 이렇게 빨라?"

"1년 정도 써먹어 보고 효과가 좋으면 정식으로 팀에 도입하려고."

"전략 팀 멤버가 누구누구인데?"

"박중호, 이지태……."

이신은 6인의 이름을 모두 읊었다. 최환열은 고개를 끄덕였다.

"나쁘지 않네. 중호도 그렇고 다들 1군 경험해 본 사람들이야."

"진수를 팀장 시킬 거야."

"그래, 진수랑 중호가 형제처럼 친했으니까 괜찮겠다."

그렇게 쌍성전자와의 일전이 다가왔다.

급조된 이신의 전략 팀이 얼마나 효과를 거둘지 알 수 있는 때였다.

* * *

선수들 사이에서 조금 달라진 분위기가 있었다.

예전 같았으면 절대 프로리그에서 이신과 마주치기를 원치 않았을 것이다.

자기 커리어에 1패만 쌓이고, 자칫 이신의 흔한 명경기의 희생양이 될 테니까.

하지만 그 분위기가 사뭇 달라진 계기는 바로 예능 프로그램 'e신과 함께'였다.

거기서 이신과 박영호가 대판 붙었던 명경기가 전 세계적인 화제를 뿌리며 엄청난 유료 VOD 매출을 기록한 것!

선수들은 그것을 보고 깨달았다.

'신과 싸우면 돈이 된다!'

이신은 전 세계에 팬을 보유한 글로벌 톱스타였다.

이신과 붙으면 된다.

재미있는 게임이 나오기만 하면 반드시 잘 팔린다.

한 경기의 매출 수익은 이신이나 상대 선수나 똑같이 분배된다.

박영호처럼 수억을 한 번에 당기지는 못하더라도 상당한 거액을 기대할 수도 있는 것!

'이신과 붙고 싶다.'

'신과 붙어서 명경기만 만들면 대박 난다!'

그것은 선수 개인의 욕심만이 아니었다.

프로 팀의 입장에서도 소속 선수 누군가가 이신과 붙어서 명경기가 나오면, 설사 지더라도 엄청난 수익이 팀에도 떨어지는 것이다.

그러고 나서 그 수익 일부를 소속 선수에게 나눠주면 서로가 윈—윈.

물론 계약 조건상 그럴 필요가 없다며 선수에게 한 푼도 안 주는 팀도 있을지 모르지만, 그럴 경우 선수들의 인심을 잃게 된다.

예전과 달리 버리는 패를 써서 이신을 피하는 게 마냥 능사가 아니게 된 것.

그렇다면 이신을 이길 가능성이 있는 확실한 패를 내세워야 한다.

쌍성전자에는 그런 패가 둘이나 있었다.

'최영준과 신지호 둘 중 하나가 이신을 꺾어야겠는데.'

이신을 피하기만 해서는 능사가 아니었다.

이신을 피하려다가 차이, 주디, 사나다 료 등의 복병에게 얻어맞은 것이 올도어SCC에서 패배한 팀들의 대체적인 형태였다.

게다가 쌍성전자는 한국 최고의 명문 팀!

리그의 흥행과 자존심을 위해서라도, 정면에서 당당히 이신을 꺾어야 했다.

'다행히 선택권은 이쪽에 있군.'

이신이 알아서 최영준이나 신지호 둘 중 하나를 잡으러 찾아와준다.

제대로 붙어서 꺾기로 한 이상, 하영훈 감독은 이신이 두 사람에게 찾아오기 쉽도록 엔트리를 짰다.

최영준과 신지호를 각자가 가장 승률이 높은 맵에 출전시킨 것.

특히 신지호의 경우는 명백한 인류 맵에 출전시키기로 했다. 이신이 다른 종족을 고를 수 없도록 말이다.

그렇게 되면 이신이 가장 싫어하는, 디펜스 잘하는 인류와의 동족전이 성사되는 것이었다.

'인류 맵이니 이신이 안 나오더라도 차이가 나오겠지.'

요즘 엄청난 상승세를 띠고 있는 신의 수제자 차이!

당돌한 선언대로 조만간 스승의 수준을 넘볼 정도로 기량과 성장세가 무서웠다.

뿐만 아니라 한국인 어머니를 둔 혼혈이자 이국적이면서도 친숙한 외모를 가진 미소년이라, 이신의 여성 팬들로부터 열렬

한 지지를 받고 있었다.

정말 무서운 재능이었다.

조만간 쌍영에 필적하는 실력자가 될 게 분명했다.

'이신과 차이 두 사람만 꺾으면 우리의 확실한 승리야.'

피차 무패행진을 달리는 두 강팀의 자존심 대결이었다.

하영훈 감독으로서는 한국 최고의 명가라는 쌍성전자의 자부심을 빼앗기고 싶지 않았다.

*　　　*　　　*

—빅 매치가 성사되었습니다! 무패를 달리던 두 강팀이 마침내 맞붙었습니다!

—전통의 강호 쌍성전자와 이신의 올도어가 한판 승부를 벌입니다.

—게다가 1세트부터 엄청난 대결이 펼쳐집니다. 쌍영의 광기 신족 최영준! 그리고 말이 필요 없는 절대무적의 카이저, 신! 두 사람의 자존심 대결입니다!

—지난번 개인리그 4강전에서 최영준 선수가 이신 선수에게 3 대 0이라는 굴욕을 당한 바 있습니다. 이번 기회에 설욕할 마음이 한가득일 거란 얘기죠!

—두 사람의 대결에 대해서 올도어의 최환열 수석코치에게 의견을 물어보았습니다. 그런데 의외로 이신 선수의 승리를 확신하는 게 아니라, 힘든 대결이 될 거라고 말하더군요.

—최영준 선수가 비록 개인리그는 아쉬웠어도 프로리그는 소위 씹어 먹었다는 표현이 어울릴 정도로 활약했죠.

—그렇습니다! 올스타전에서 역 올킬까지 할 정도로 활약이 대단했던 이신 선수인데요, 그런 이신 선수도 경계해야 할 상대라는 뜻이죠.

—전 세계 팬이 주목하고 있을 겁니다. 최영준 선수도 작년 세계무대에서 미친 물량으로 깊은 인상을 준 바가 있었거든요.

그 말 대로였다.

오늘의 경기는 인터넷 스트리밍 생중계를 시청하는 숫자가 말도 못 하게 치솟고 있었다.

그 엄청난 매출은 협회와 프로 팀들에게 힘이 되고 선수들의 처우 개선으로 이어질 터였다.

아무튼 오늘 경기는 한국 e스포츠의 호황기를 상징하는 대결이 될 것이 틀림없었다.

—Kaiser : 인류

—rush_Joon : 신족

—맵 : 전능의 권좌

에이스 결정전이나 다름없는 1세트가 시작되었다.

시작은 평이했다.

이신은 공격적인 평소답지 않게 '1병영 더블'로 정석적인 빌드 오더를 가져 갔다.

상대가 최영준인 만큼, 시작부터 견제에 힘을 싣기보다는 자원에 집중한 모습이었다.

하지만 이신의 신족전 키포인트인 고속전차는 여전히 활발하게 움직였다.

여기저기 지뢰를 매설하고 다니면서 맵 시야를 모조리 밝혀버렸다.

최영준 또한 정찰기와 함께 나온 거신병기가 열심히 다니며 맵 도처에 깔린 지뢰를 제거하고 다녔다.

그의 물량이 폭발했을 때, 진격에 방해되지 않도록 미리 길을 치워놓는 것이었다.

참고 억눌러온 이신의 공격 본능은 최영준이 지뢰 청소를 하러 나온 거신병기들을 보자 발동했다.

—이신 선수의 고속전차들이 갑니다! 똑바로 향하는 곳은 바로 최영준 선수의 거신병기들이 있는 곳입니다.

—지뢰로 싸먹을 생각인데, 어지간히 압도적인 컨트롤이 아니면 고속전차로 거신병기를 못 이깁니다!

물론 정면으로 꼬라박는 짓은 하지 않았다.

소수의 고속전차가 시계방향으로 우회해서 퇴로에 지뢰를 매설. 그리고 시계방향으로 다시 움직여 정면과 측면에서 일시에 덮쳤다.

—붙었습니다.

—공격성이 투철한 이신 선수, 그동안 잘 참아왔는데요, 저걸 보니 그냥 보내고 싶지 않았을 겁니다.

고속전차들이 접근해서 지뢰를 매설하자, 최영준은 침착하게 대응했다.

거신병기들이 물러서면서 지뢰부터 일점사로 제거해 나갔다.

아슬아슬하게 지뢰가 폭발 전에 제거됨으로서, 소규모 교전은 최영준의 이득으로 끝나는 듯했다.

하지만 거신병기들은 계속 뒤로 무빙을 당기며 컨트롤되었고, 이신이 배후에 매설한 지뢰가 그들의 퇴로를 가로막았다.

—퍼어엉!

—퍼엉!

"꺄아아아악!"

"오빠—!!"

"우와아아!"

거신병기들이 지뢰에 휘말려 폭사당하자 경기장에 함성이 울려 퍼졌다.

—이신 선수의 설계에 제대로 걸려들었습니다!

—이신 선수도 고속전차 피해가 좀 있었고 형세에 큰 영향이 없는 교전 결과였지만, 기분은 나쁘죠! 상대의 계략에 걸렸다는 것 자체가 정말 기분 나빠요!

—예, 하지만 최영준 선수 침착합니다. 물량은 계속 쌓여가네요.

—이신 선수도 슬슬 병력 진출 타이밍이 됐는데, 그 순간 광기신족의 물량에 싸 먹힐 수 있습니다!

거대한 한 타 싸움이 두 사람을 기다리고 있었다.

일반적으로 여기까지는 최영준에게 무릎 꿇는 평범한 인류 플레이어들의 모습이었다.

초반에 조금 이득 보는 그림이 그려졌어도, 결국은 물량에, 최영준이 그린 스케일 큰 그림에 밀려 질식사해 버린다.

하지만 바로 지금, 전략 팀의 분석 데이터를 토대로 한 이신의 한 수가 시작되고 있었다.

—운명의 대회전이 시작되었습니다. 이신 선수가 전 병력을 끌고 진격합니다. 최영준 선수도 기다렸다는 듯이 마중 나갑니다!

—이번 승부를 좌우하는 전투가 될 겁니다.

그때 대형 화면에 잡히는 유닛이 있었다.

바로 전술위성.

이신이 싸움에 앞서 전술위성을 최영준의 앞마당 쪽으로 보낸 것이다.

—아, 역시 이신 선수입니다. 싸우기 전에 먼저 '무력화탄'으로 대사제의 마법 에너지를 없앨 의도입니다.

—이때쯤 대사제 몇 명이 나와서 에너지를 채워놓았을 거라고 다 알고 있는 거예요!

—아바타와 함께 이번 싸움의 핵심인데요. 대사제의 전격 마법이 없으면 안 되는데요!

언덕 너머로 나타난 전술위성은 앞마당에 있던 대사제 2명에게 무력화탄을 쐈다.

—파앗!

—아아아! 에너지가 빠졌어요!

—근데 대사제가 2명밖에 없는데요? 저것밖에 없는 건 아닐 텐데… 아! 역시!

앞마당에 병력과 함께 있던 대사제 2명은 일부에 불과했다.

본진에 대사제 4명이 수송기에 탑승하고 있었다.

전투가 벌어질 때 수송기로 드롭시켜서 재빨리 전격 마법을 휘갈길 생각이었던 것이다.

이것이 올해 들어 최영준이 보강한 마법 활용 전술 중 하나였다.

—최영준의 1시 진영을 향해 북상하는 이신 선수의 병력! 최영준 선수도 어마어마한 물량이 뛰쳐나갑니다. 물량 만만치 않습니다. 광신도·거신병기·아바타 비율도 아주 좋아요.

—예, 그러면서 대사제를 태운 수송기는 반대편으로 일단 빼두죠. 전투가 벌어졌을 때 예상 못 한 방면에서 찌르고 들어와서 전격 샤워를 날릴 겁니다!

—먼저 아바타가 갑니다!

최영준의 아바타 2기가 먼저 날아왔다.

그 순간, 기다렸다는 듯이 이신의 기계보병들이 전면에 나와 대공미사일을 쏘아댔다.

—아! 기계보병 사거리 업그레이드가 되어 있습니다!

아바타 1기는 격추. 나머지 1기는 격추당하기 전에 간신히 봉인 마법을 펼쳤다.

—아! 하나는 성공!

—대략 기동포탑 5기 가량이 봉인됐네요.

기계보병들이 계속 쫓아가서 아바타 1기를 마저 격추시켜 버렸다.

이윽고,

—퍼퍼퍼퍼퍼펑!!

—크억!

—크어억!

일대 전투가 시작되었다.

포격모드로 전환된 기동포탑들이 일제히 불기둥을 뿜었다.

광신도들이 비명을 지르며 죽어나갔다. 하지만 체력이 좋은 광신도들은 절반 이상이 살아남아 가까이 달라붙었다.

고속전차들이 일제히 그 앞을 가로막고 기동포탑들을 보호했다.

—퍼엉! 퍼어엉!

—콰르릉!

—크억!

—끼리릭!

양측의 유닛들이 치열하게 맞붙었다.

그리고 따로 빼두었던 수송기가 대사제 4명을 태운 채 서서히 움직이기 시작했다.

그런데,

스르륵—

익숙한 효과음.

—어? 어어?!!

—와! 저걸 준비했습니까!

스텔스 모드로 모습을 감춘 스텔스 전투기 1대가 마치 기다렸다는 듯이 나타나 수송기를 공격했다.

—귀신같이 알아차린 이신 선수!

—와! 최영준 선수가 대사제를 수송기에 태워서 활용하기 시작했다는 것을 눈치챘어요. 알고서 전투기 1기를 생산해서 저기다가 딱 배치해 놓는 센스! 와……!

—이신 선수가 정말 준비를 많이 해온 것 같습니다. 철두철미해요!

—퍼어엉!

수송기가 격추되었다.

격추당하기 전에 내린 대사제는 2명. 전투 컨트롤에 신경 쓰느라 수송기에 많이 신경 쓰지 못한 결과였다.

하물며 살려놓은 대사제 2명 또한 위기가 끝난 게 아니었다.

—와아!

—철두철미한 신!

고속전차 2기가 빠른 스피드로 달려와 대사제들을 공격했다.

도망치던 대사제들이 결국 남김없이 사살되었다.

아바타의 봉인 마법도, 대사제의 전격 마법도 실패한 채 벌어진 전투는 단연 이신의 우세였다.

'제길!'

최영준은 낭패를 느꼈다.

판단은 빨랐다.

안되겠다 싶자, 즉시 공격을 중단하고 병력을 물렸다.

잠시 숨 고르기였다.

'앞마당까진 내준다.'

앞마당까지 밀고 들어왔을 때, 이신은 병력을 따로 나눠서 다른 확장 기지까지 치려 할 것이다.

바로 그때가 승부였다.

앞마당을 밀렸다 해도, 확장 기지까지 아슬아슬하게 지키는 선에서 상대 병력을 잡아먹어 버리면, 완전 승리는 아니더라도 우세를 만들 수는 있었다.

'견적 나왔다. 조금 난이도가 높은데.'

최영준은 위기 속에서도 침착하게 병력을 모으기 시작했다.

광기의 물량이 폭발했다.

다행히 거신병기가 상당수 살아 있는 덕에, 참회실에서 광신도를 꾸역꾸역 쏟아내 병력 조합을 맞췄다.

—이신 선수가 최영준 선수의 앞마당을 포격하기 시작합니다!

—앞마당은 그냥 내주겠다는 판단! 침착하게 계속 병력을 모으고 있습니다! 역전의 한 타를 기다립니다!

—근데 확장 기지까지 밀리면 저 병력을 걷어낸다 해도 엄청

난 손해인데요? 확장 기지는 어떻게 막아낼지!

최영준은 침착하게 움직였다.

확장 기지를 향해 이신의 병력 일부가 움직이자 광신도 1명이 확장 기지의 출입구에 서서 길을 막았다. 그리고 그 광신도에게 아바타가 봉인 마법을 썼다.

"와아아아!!"

"오오오!"

봉인된 유닛은 움직이지도 공격을 하지도 받지도 못한다.

봉인 마법에 걸린 광신도 하나 때문에 확장 기지를 밀 수 없는 상황이 나타난 것이었다.

—저렇게 막을 생각이었어요!!

—최영준의 역대급 센스!

—하지만 이신 선수도 전혀 당황하지 않습니다. 기동포탑 몇 기만 남겨놓고 나머지는 앞마당 쪽으로 돌아갑니다! 예, 안으로 진입하지는 못해도 기동포탑의 포격 사거리가 안까지 닿죠.

이신은 기억력이 좋았다.

수송기 격추에 써먹었던 스텔스 전투기 1기가 날아와 확장 기지 안쪽까지 시야를 밝혀주는 역할을 했다.

스텔스 전투기가 시야를 밝혀주자 기동포탑들이 포격을 개시했다.

'침착해야 돼. 시간이 있어.'

최영준은 좀 더 참으며 병력을 더 생산했다.

아직 확장 기지가 부서지지는 않았다. 그 직전에 모두 걸어

내면 된다!

그리고 마침내 마지막 전투가 시작되었다.

참고 참던 최영준이 반격에 나선 것!

이신의 진형은 굉장히 특이했다.

기동포탑들이 뱀처럼 길게 늘어선 모양으로 최영준의 앞마당까지 줄서듯 배치되어 있었다.

기계보병은 뱀의 머리에 서서 태세를 갖췄고, 고속전차들은 뒤에서 대기 중이었다.

최영준은 곧 반격해 올 거란 걸 예측하고 대비한 진형이었다.

최영준의 병력 물량은 앞마당처럼 공간이 협소한 곳에서 빛을 발하지 않는다. 그러니 필연,

'소환이겠지.'

전투 중에 소환 마법 개발을 눌렀다면, 지금이 개발 완료될 타이밍이었다.

이신은 그걸 계산해 놓고 있었다. 그렇기 때문에,

—파아아아앗!!

앞마당 바깥쪽에서 아바타가 나타나 소환 마법을 펼쳤다.

본진에 있던 병력을 넓은 바깥으로 빼내 덮칠 생각이었던 것이다.

하지만 소환이 이루어지는 지점에는…….

—안 돼요! 거긴 안 돼요!

—거긴 지옥입니다!

반격을 준비하던 최영준의 비장함에 몰입해 있던 해설진들이 다급히 소리쳤다. 물론 그 목소리가 최영준에게 닿을 리 없었다.

최영준의 소환 마법은 이신이 지뢰를 잔뜩 매설해 놓은 지점에서 이루어진 것이다!

—끼리릭! 끼릭!

—퍼어엉! 퍼어어엉!

발동된 지뢰들이 소환된 최영준의 병력을 덮쳐 버렸다.

거신병기들도, 광신도들도, 지뢰에 당해 싸워보지도 못하고 몰살당했다.

—아아아!!

—너무나 철두철미한 이신! 소환할 거란 걸 다 알았어요. 그래서 예상되는 포인트마다 지뢰를 매설한 거예요!

—저걸로 병력의 절반가량을 잃었습니다. 정말 소름끼칩니다, 이신 선수!

—최영준 선수는 이제 확장 기지를 포기해야 합니다. 지금 이신 선수의 병력을 걷어낼 방도도 없고요, 지금 상황에서 할 수 있는 가장 좋은 수는… 예! 저겁니다!

아바타 1기가 이신의 진영을 향해 날아가고 있었다.

타깃은 병력 생산이 이루어지는 이신의 본진!

그곳에 남은 병력을 소환해서 기갑 정거장들을 파괴해 버리면 이신도 더 이상 병력을 추가 생산할 수 없어서 타이밍을 놓칠 수밖에 없다는 최후의 판단이었다.

—하지만 남은 병력을 다 본진 소환에 써버리면 자기 본진은 어떻게 지킬 겁니까?! 최영준 선수, 섬멸전은 승산이 없습니다!

섬멸전은 서로가 서로의 진영을 공격하는 싸움이었다.

누가 먼저 상대방의 건물을 전부 부수느냐를 경쟁하는 치킨 레이스였다.

물론, 최영준은 그걸 노린 게 아니었다.

—파아앗!

아바타 1기가 본진 출입구에 선 광신도에게 봉인 마법을 걸었다.

—아아! 저걸로 또 본진을 지키고, 이신 선수의 본진을 치겠다는 계산!

—끝까지 포기하지 않고 승리할 수 있는 길을 찾는 최영준 선수입니다. 예, 톱클래스의 선수는 저래야지요!

아바타가 마침내 이신의 본진에 이르렀을 때였다.

그 길목에 대기하고 있던 전술위성이 아바타를 반겼다.

—파앗!

—무력화탄!!

이미 알고 기다렸던 전술위성이 무력화탄으로 아바타의 마법 에너지를 빼놓았다.

에너지를 잃은 아바타는 힘없이 이신의 본진에 도착해 아무것도 하지 못하고 방황했다.

—저 수까지 읽었어요! 저것마저도 이미 알고 있었어요!

—무슨 제갈공명입니까? 대체 몇 수 앞을 보는 겁니까?! 관심법이라도 씁니까?!

양 팀의 벤치.

감독이며 코치며 선수며 모두 입을 쩌억 벌린 채 아무 말도 하지 못했다.

"히이익!"

"세상에……."

"진짜 사람이 아니다, 저건."

"신이다, 신……."

그리고 관중석은,

"꺄아아아아아악!!"

"사랑해요, 오빠!"

"너무 멋져! 어쩜 좋아!"

이신교의 광신도들이 마약이라도 한 것처럼 미쳐 날뛰었다.

그 열광의 도가니 속에는 외국에서 이곳까지 원정 관람을 온 외국인들까지 섞여 있었다.

외국인들은 'Kaiser', 'Lee Sin' 등이 적힌 응원 피켓을 들고 흔들고 소리를 질렀다.

그중 한 외국인 사내의 피켓 문구가 인상 깊게 클로즈업되었다. 그건 우연히 나온 희대의 연출이었다.

—God of SC

"우와아아아아아!"

"오오오오!!"

함성이 더 커졌다.

마침내 최영준이 GG를 선언했을 때, 부스에서 걸어 나온 이신은 뜨겁기 이를 데 없는 열광과 비명에 깜짝 놀랐다.

심지어 'God of SC' 피켓을 들고 응원하던 장년의 백인 사내는 어지간히도 흥분했던 모양이었다.

관객석에서 벌떡 일어난 백인 사내가 이신이 있는 무대 사이드 쪽으로 달려 나왔다.

누가 말릴 틈도 없었고, 이신도 흠칫했다.

물론 갑자기 덮치거나 하지는 않았다.

백인 사내는 단지 들고 있던 'God of SC' 피켓을 이신 앞에 내밀었다.

경배.

칭송.

백인 사내의 눈빛에 담긴 뜨거운 열기는 진심이었다.

이를 보고 이신은 피식 웃었다.

잠시 손짓으로 백인 사내에게 기다리라고 하더니, 부스 안에서 자신이 썼던 마우스를 가지고 나와 선물해 주었다.

엄청난 명경기를 펼쳤던 그 마우스를 선물 받은 백인 사내는 너무도 놀라 소리를 질렀다.

"Oh god! Oh my god!!"

흥분해서 어쩔 줄 모른 채, 백인 사내는 황급히 달려 나온 경기장 스태프들에 의해 제자리로 돌아갔다.

외국에서 온 열성팬을 상대로 보여준 이신의 즉흥적인 퍼포먼스에 경기장은 뜨겁게 달아올랐고, 그만큼 쌍성전자 벤치는 더욱 죽을상이 되었다.

똑같은 1승인데도 이신의 승리는 파괴력이 남달랐다.

덩달아 기세가 오른 덕에 올도어SCC는 그날 3 대 1로 쌍성전자를 물리쳤다.

'역시 쓸모가 있었어.'

이신의 완벽한 승리에는 그의 탁월한 설계도 있었지만, 급조해서 만든 전략 팀의 정보 분석도 큰 몫을 했다.

아직 미숙한 전략 팀임에도 당장에 효과를 발휘하자 이신은 기분이 좋아졌다.

그 덕에 오늘 승리는 어느 때보다도 기분이 좋았다.

제7장

특훈

전략 팀의 성과가 눈부셨던 경기였다.

일반적인 빌드 오더를 플레이해도 초반이 지나면 선수의 취향에 따라 달라진다.

전략 팀은 최영준의 최근 3개월간의 플레이를 뚫어져라 보며 분석했다. 그리고 이신에게 결정적인 승리를 안겨준 2가지 정보를 제공했다.

첫째, 대사제 4명을 수송기에 태워 활용하기 시작했다는 점.

둘째, 그 수송기를 전투가 시작될 때 사이드로 따로 빼둔다는 점.

이신은 그 정보를 받아들여 스텔스 전투기로 수송기를 저격해 버렸고 그것이 국면을 결정짓는 대회전의 승리에 큰 기여를

했다.

물론 소환 예상 지역에 지뢰를 깔거나, 본진 소환 시도를 예측하는 등은 이신의 순수한 실력이었지만 전략 팀이 큰 도움이 되었음은 물론이었다.

물론 급조된 데다 해외 명문 팀과 비교하면 엉성한 점이 한두 가지가 아니었다. 하지만 대신 그들은 풍부한 게임 경험을 바탕으로 선수의 입장을 잘 이해해 꼭 필요한 정보를 정확히 캐치할 줄을 알았다.

이신은 플레잉코치 박진수에게 전략 팀을 관리해 보라고 지시했다.

이게 언젠가는 생길 올도어SCC 전략 팀의 시작이라는 것을 안 박진수는 기꺼워했다.

박진수의 합류로 전략 팀이 탄력을 받았다.

"중요한 건 각자의 개인적인 추측이 아니라, 객관적인 데이터를 최대한 많이 만드는 일이에요."

박진수는 전략 팀의 초석이 될 기초 데이터 기반을 쌓기 시작했다.

일단은 선수 분류부터 시작.

프로리그에서 활동하는 모든 한국 선수를 종족·나이·유형에 따라 분류하기 시작했다.

그리고 어떤 맵에서 승률이 좋은지, 어떤 빌드 오더를 많이 쓰는지, 어떤 유형의 상대에게 많이 패했는지 등을 세부적으로 분류해 나갔다.

개인적인 의견이 안 들어간 객관적인 통계치가 집대성되자 제법 신뢰성 높은 데이터베이스가 되었다.

그렇게 객관화된 데이터베이스가 어느 정도 구축되자, 이번에는 그것을 토대로 주관적인 선수 능력 평가를 하기 시작했다.

즉, 분석 대상이 된 선수를 운영, 전략, 판단력, 컨트롤, 디펜스, 반응속도 등 6가지 부문으로 점수를 매기는 것이었다.

부문별로 100점 만점으로 점수를 먹였는데, 재미있는 것은 바로 이신의 능력치였다.

—이신(올도어SCC, 인류·신족·괴물)

—운영 : 100, 전략 : 100, 판단력 : 100.

컨트롤 : 100, 디펜스 : 100, 반응속도 : 96.

—특이 사항 : 3종족 모두 플레이.

반쯤은 재미 삼아 만든 이 능력치 평가를 보여주자 이신이 의문을 표했다.

"장난이지?"

"장난은 무슨, 돈 받고 장난질이나 치겠냐?"

박진수가 설명을 했다.

"선수들 능력치에 점수를 먹일 기준이 있어야 할 거 아냐."

"기준?"

"그래, 기준이 없으면 점수가 아주 선수마다 따로 노는 경우가 생겨 버려."

누군가에게는 80점을 내렸는데 또 어떨 때는 비슷한 실력을 가진 누군가에게는 70점을 준다.

그런 식으로 오락가락하면 전혀 쓸모없는 데이터가 되어버린다.

그래서 박진수는 기준을 이신으로 정했다.

"특정 선수에게 점수를 먹일 때 너랑 비교할 거야."

이신의 모든 능력치를 100점 만점으로 삼는다. 그리고 특정 선수를 분석할 때 이신과 비교해서 점수를 먹이고 있다고 했다.

하지만 이신의 능력치 하나는 100점 만점이 아니었다.

"반응속도도 100으로 잡으려 했는데, 같은 상황에서 너보다 더 빠른 애들이 있더라."

"마이클 조셉이나 박영호?"

이신은 당장 생각나는 피지컬 괴물들을 언급했다.

박진수는 고개를 저었다.

"일단은 우리 팀 선수들만 능력치를 평가해 봤어. 부문별로 분석해서 일목요연하게 장단점이 보여야 보강해야 될 게 뭔지 알 거 아냐."

일리가 있는 말이었다.

이신은 고개를 끄덕이며 다시 물었다.

"그럼 누구야?"

"나도 의외였는데, 놀라지 마."

—주디(올도어SCC, 인류)

—운영 : 100, 전략 : 74, 판단력 : 77.

컨트롤 : 69, 디펜스 : 95, 반응속도 : 100

—특이 사항 : 슬럼프 위험.

그것은 정말로 여러 가지 면에서 의외였다.

"의외로 높은데?"

"우리도 처음에는 주디를 그렇게 높게 평가를 안 했어. 그냥 안정적인 승률 내주는 무난한 주전감?"

정확했다.

'딱 그러라고 키웠지.'

"그런데 능력치를 분야별로 뜯어보니까 좀 놀랍더라."

"운영이 왜 100이야?"

물론 꼼꼼하게 잘한다. 그게 주디의 유일한 장점이라고 이신은 생각했다.

그런데…….

"똑같은 빌드를 썼을 때 주디가 가장 목적했던 유닛을 빨리 뽑아."

"그걸 측정했어?"

이신은 꽤 놀랐다. 박진수가 설명했다.

"가끔 이상하게 타이밍이 좀 빠를 때가 있어서 한번 게임 경과 시간을 비교해 봤어. 견제받고 피해 입어도 어떻게든 잘 조절해서 목적했던 타이밍을 맞추더라.”

타이밍을 조절할 줄 아는 운영은 톱클래스 선수들의 필수 항목이기도 했다.

“슬럼프 위험이 있다는 건 잘 봤네.”

주디에 대해 이신만큼 잘 아는 사람이 있을 리 없었다.

이신 역시 연습실은 물론 한집에 같이 살면서 주디를 지켜봤다.

승률은 아직 높았다. 하지만 질 때와 이길 때의 플레이 스타일이 비슷했다. 창의성이 없는 교과서적인 플레이를 한다는 뜻이었다.

그러다 보니, 이신이 계획했던 대로 일류는 못 이겨도 수준 이하의 양민은 학살하는 범용한 선수로 잘 성장했다.

다만 문제는 이제 플레이 패턴이 슬슬 상대 팀들에게 읽히고 있다는 점.

“슬슬 다른 빌드 오더를 시도하면서 다양한 패턴을 만들어야 하지 않을까?”

“그래야지.”

이신은 그러면서 100점 만점으로 평가된 주디의 운영·반응속도 항목을 빤히 바라보았다.

‘생각해 보면 집에서 게임할 때도 차이를 상대로 의외로 승률이 좋지.’

한집에 같이 사는 이신과 3제자 사이에는 게임 실력별로 서열이 있었다.

첫 번째는 단연 이신.

두 번째가 주디와 차이.

기갑 체제 운영에 약한 존이 가장 아래였다.

차이는 이제 인류 대 인류전에 있어서는 이신도 승리를 장담 못 할 정도로 성장했다.

이신이 없으면 올도어SCC의 에이스는 어김없이 차이였다.

그런데 그런 대단한 차이를 상대로, 주디는 의외로 거의 반반의 승률을 보이는 것이었다.

'어쩌면 주디는 내가 생각했던 것보다 더 크게 성장할 수 있지 않을까?'

요즘 역할이 많아서 주디에게 크게 신경 쓰지 못하고 있었다.

'그런데 박진수의 분석력이 꽤나 깊이가 있군.'

피지컬이 떨어진 노장이 되자 정석 운영보다는 전략적인 심리전으로 재미를 보던 박진수.

그래서 전략 팀장으로 적임자라고 생각했는데, 전략 팀을 책임지게 되자 그야말로 물 만난 물고기처럼 일처리를 하고 있었다.

내심 기대감이 들어서 박진수에게 물었다.

"1라운드 플레이오프 끝나면 개인리그 시작되는 거 알지?"

"응."

"거기서 주디가 8강 이상 올라가려면 어떡해야 할까?"

"8강?"

박진수의 얼굴에 고민하는 기색이 어렸다.

개인리그보다 프로리그에 더 특화된 주디의 스타일을 박진수가 모를 리 없었다.

다행히 박진수는 전략 팀과 함께 올도어SCC 선수들의 지난 경기를 보며 분석했기 때문에 나름대로 의견을 가지고 있었다.

"전투를 잘해야 돼."

"전투?"

"우리 팀 인류 라인에 묘한 상성 관계가 있어."

이신은 내심 놀랐다. 그건 아마 이신, 차이, 주디의 관계를 말하는 것이리라.

이신의 제자들은 집에서 서로 실컷 붙어볼 수 있기 때문에, 연습실에서는 서로 연습게임을 잘 하지 않는다.

그럼에도 박진수는 그 상성을 꿰뚫어본 것이다.

"주디는 허를 찌르고 들어와 컨트롤로 상식 이상의 파괴력을 내는 너한테는 아주 취약하지."

"맞아."

"반면에 차이는 너한테 강하고."

사실 이신의 인류를 상대로 승률이 반반까지 따라붙을 수 있는 선수는 극소수였다.

"근데 주디가 그런 차이한테 묘하게 강해."

"그것도 맞아. 왜라고 생각해?"

"빌드 최적화가 탁월하거든. 확장 타이밍도 한발 빠르고. 그래서 대체로 차이가 먼저 공격할 수밖에 없는 구도가 돼. 주디는 디펜스가 좋아서 곧잘 막고."

그런 탄탄한 면이 주디의 우수한 프로리그 승률을 만든 것이다.

"근데 먼저 치고 나가야 할 때는 약해."

"공격성이 부족하지."

"컨트롤이 좋지 않은 건 어쩔 수 없지만, 큰 전투는 컨트롤과 조금 다르잖아. 안 그래?"

"그렇지."

"주디는 장기전이 될수록, 스케일이 커질수록 장점이 잘 살아. 그러니까 큰 전투만 잘하면 지금보다 훨씬 강해지지 않을까?"

이를 테면 최영준 같은 타입이었다.

최영준이 소수 유닛 컨트롤에 뛰어난 편은 아니었다. 하지만 큼직한 전투가 되면 그런 컨트롤보다 지형과 진형이 많은 것을 좌우한다.

팀 제미니의 '광전사' 오광태처럼, 싸움 잘하는 것 하나로 에이스라 불리는 선수도 있는 것이다.

"알았어. 수고 많았어."

"내 일인데 뭐."

"전략 팀 이끄는 건 적성에 맞아?"

"어, 재미있더라."

박진수는 활짝 웃으며 말했다.

"지금껏 죽어라 해왔던 게임인데, 그걸 이렇게 이론과 객관적인 데이터로 해석하니까 또 묘한 재미가 있어. 게임에는 이런 재미도 있구나 싶더라니까."

"잘됐네."

"그래서 말인데."

"……?"

"올해 전반기까지만 하고 선수 생활은 은퇴할게."

"아직 더 할 수 있어. 위로로 하는 말 아니야."

"알아. 나도 최대한 오래 선수로 버텨보자는 마인드로 이 팀에 온 거고. 근데 전략 팀 쪽 일을 해보니까 드디어 내 적성을 찾은 듯한 기분이야."

"……."

"나 은퇴하면 올도어SCC 전략 팀의 책임자로 만들어주겠다고 했던 약속, 기억 나?"

"어."

"나 은퇴하면 그 약속 지켜주기다?"

"…고맙다."

팀에서 가장 빛나는 건 선수다. 하지만 박진수의 가치는 선수보다 코치나 전략 팀장일 때가 더 빛났다.

박진수가 자청해서 은퇴하니 고맙고 미안했다.

"내가 더 고맙지."

박진수는 이신의 어깨를 툭툭 쳤다.

박진수의 은퇴 의사는 수석 코치인 최환열에게도 전달되었다. 코칭스태프가 부족한 팀 처지를 가장 잘 실감하는 최환열로서는 반가운 소리였다.

그리고…….

"주디."

"네!"

주디가 쪼르르 달려왔다. 말 잘 듣는 강아지처럼 귀여운 모습이었다.

이신은 저 반짝거리는 큼직한 푸른 눈동자에 투쟁심을 심어 넣고 싶었다.

"오늘은 나랑 연습하자."

"오늘은?"

주디가 눈을 동그랗게 떴다.

"오늘 하루 종일."

"네, 감독님."

이신과 하루 종일 함께 게임한다니, 그저 기꺼워하는 주디였다.

"좀 힘들 거야."

"괜찮아요."

주디의 맹목적인 태도에 이신은 만족감을 느꼈다.

착하고 귀여운 주디였지만, 의외로 혹독한 훈련과 스트레스에 강했다.

그렇지 않으면 연습생 시절에 이신의 아바타가 되어서 말하는 대로 조종되는 미친 훈련을 참아내지 못했을 터였다.

두 사람은 연습게임을 하기 시작했다.

이신은 인류·신족·괴물을 마음대로 고르며 주디를 상대했다.

다만 견제 플레이는 최소한으로만 하고, 운영과 큰 규모의 병력 싸움 쪽에 초점을 두었다.

박진수의 의견에 따라 주디의 약점을 보강하려는 특훈의 시작이었다.

200 대 200 싸움.

신족을 고른 이신의 병력이 물밀 듯이 덤벼들었다.

광신도들이 끝없이 달라붙으면서 자리 잡고 있던 주디의 병력을 잡아먹었다.

—iLoveSin : GG.

—Kaiser : 싸우기 전에 저장해 뒀어.

—Kaiser : 싸움에서 이길 때까지 계속 반복하는 거야.

그제야 이 특훈의 주제가 뭔지 깨달은 주디였다.

저장한 게임을 로드하며, 주디는 이길 때까지 같은 전투를 계속 반복해야만 했다.

*　　　*　　　*

"저게 무슨 훈련이야?"

최환열은 치열하게 훈련에 매진하는 주디와 이신을 보며 물었다.

박진수가 답했다.

"보다시피 전투 훈련이지."

"근데 대체 누구를 훈련시키는 거야?"

"당연히 주디를 위한 훈련이지, 무슨 소리를 하는 거야?"

"근데 어째 왜 저 녀석 실력이 쑥쑥 늘고 있냐. 내 착각인가?"

"…그러고 보니 신이 컨트롤도 확연히 좋아지네."

주디의 인류 군세와 이신의 괴물 군세의 대결이었다.

맵을 절반씩 가져가서 자웅을 겨루는 국면.

기동포탑·고속전차·기계보병 등 호사스러운 인류의 기갑 대군을 상대로, 이신은 익숙하지 않은 괴물 군세로 맞서고 있었다.

괴물의 백미는 물량 공세.

똑같이 인구수 한계치의 병력을 끌고 와서 붙으면 단연 괴물이 강력한 인류를 당해내지 못한다. 하지만 유닛이 죽으면 다시 생산하고 또 생산해서 계속 들이붓는 물량 공세가 바로 괴물이 해야 할 후반 싸움이었다.

병력을 최대한 효율적으로 써서 생산비 이상의 효과를 거두는 테크니컬한 스타일을 가진 이신에게 다소 맞지 않는 우악스러운 전법이라고 할 수 있었다.

'근데 의외로 잘하잖아?'

최환열은 인류 플레이어의 입장에서 주디의 상황에 몰입했다.

이신은 정말 까다롭게 해주고 있었다.

값싸고 빠른 바퀴들을 계속 달리게 하면서 총알받이로 소모하고, 그러면서도 여왕괴물과 괴물주술사 같은 고급 마법 유닛으로 특유의 테크니컬한 플레이와 결합시키고 있었다.

"정말 아까보다 더 잘하네."

박진수가 멍하니 중얼거렸다.

주디는 기본적으로 인류 대 인류전에 가장 강하다.

기동포탑의 포격 사거리를 계산하며 맞붙는 깔끔한 전투 말이다. 하지만 신족이나 괴물을 상대로 싸우면 그렇게 깔끔한 전투가 되지 않는다.

신족은 우주 깡패라 불리는 광신도들이 엄청난 체력을 바탕으로 포격을 뚫고 달려와 달라붙는다.

괴물도 마찬가지.

바퀴들이 어마어마한 숫자를 앞세워서 하염없이 밀려와 기동포탑을 때려댄다. 체력이 약해 금방 녹아버리는 바퀴들이지만, 괴물주술사의 흑안개에 보호되면 골치가 아파진다.

주디는 대개 거기에 약한 면모를 보였다.

'한마디로 개싸움에 약한 거지.'

근거리 공격을 못 하는 기동포탑에 유닛이 들러붙으면 얼마나 귀찮고 짜증이 난단 말인가.

이신은 그런 싫은 플레이를 제대로 해주고 있었다.

신족으로 연습했을 때도 그랬고, 이제는 괴물로도 전투를 제대로 펼치고 있었다.

처음에는 병력을 나눠서 양방향에서 싸먹을 수 있는 지형으로 주디를 유인하는 전술을 구사했다.

하지만 주디가 익숙해져서 양방향 협공에 잘 대응하자, 이신의 전술도 점점 고차원적으로 변했다.

정면에서 촉수충과 바퀴의 공세, 후위에서 여왕괴물의 기생충 살포, 그리고 중단에서 하늘군주의 공성벌레 드롭. 특히 괴물주술사의 흑안개 펼치는 속도가 예술적이었다.

기생충을 살포하는 여왕괴물의 컨트롤은 말할 필요도 없었다.

주디를 위한 훈련에서 오히려 이신의 괴물 실력이 쑥쑥 늘고 있었다.

'대체 어떻게 생겨먹은 놈이지?'

최환열은 그런 이신을 신기해했다.

10대 중후반의 연습생도 아닌데 실력이 쑥쑥 느니 말이다.

*　　　*　　　*

2021년 프로리그 1라운드 풀리그가 마무리되었다.

그리고 1라운드 풀리그에서 승률이 가장 좋은 상위 4팀이 1라운드 플레이오프에 진출했다.

1위, 올도어SCC.

2위, 쌍성전자.

3위, JKT.

4위, 화성전자.

각 라운드마다 있는 이 플레이오프에서 우승한 팀은 승점 40점이, 준우승 팀은 10점이 부여된다. 그렇게 4라운드까지 치르고 나면, 총 승점이 가장 높은 4팀이 포스트시즌에서 최종 우승 팀을 가리게 되는 방식이었다.

이렇다 보니 각 라운드의 플레이오프에서 얻을 수 있는 보너스 승점 40점은 포스트시즌 진출에 매우 중요했다.

플레이오프에서 우승해 40점을 땄던 팀은 그해 포스트시즌에 반드시 진출했을 정도.

게다가 팬들의 입장에서도 정규 풀리그 때보다 훨씬 볼거리가 많았다.

바로 연승제!

이긴 선수가 계속 다음 선수와 겨루는 방식.

다승제 경기에서는 한 선수가 한 번의 게임만 치르기 때문에 박영호와 최영준의 쌍영전 같은 라이벌 매치를 보기 어려웠다.

하지만 연승제에서는 볼 수 있는 가능성이 훨씬 높았다.

게다가 한 선수가 3킬, 4킬, 올킬을 해버리는 화려한 풍경이 연출되기도 하므로 팬들의 열광이 유독 뜨거웠다.

사실 아예 프로리그 경기를 죄다 연승제로 바꾸면 안 되냐는 팬들의 의견이 많았지만, 풀리그의 다승제 경기 방식은 사라지지 않을 것으로 전망되었다.

수년 전에 한 번 그런 논의가 있었다.

월드 SC 협회가 그랑프리 단체전의 경기 방식을 연승제로 바꾸는 사항에 대해 진지하게 고려했었다. 하지만 그럴 경우, 프로 팀이 전체적인 선수 육성 및 케어보다 스타 한 명에게 올인하는 사태가 생긴다.

선수 대우가 천지 차이로 갈리는 불평등을 더욱 조장된다는 것.

그리고 결정적으로 이신이 등장하고 말았다.

한때 e스포츠의 종주국이었던 한국. 비록 지금은 게임에 대한 편견과 이를 반영한 정부의 편협한 정책이 지속되면서 한국 e스포츠는 쇠락했지만, 한때 세계 대회를 한국이 휩쓸었던 시절이 있었다.

그때는 게임 난이도를 easy, normal, hard, korean으로 분류해야 한다는 우스갯소리가 있을 정도로 한국은 대단했다.

그런데 그런 한국 출신의 선수가 뜬금없이 등장해 그랑프리 개인전을 무패로 석권해 버린 것.

전 세트 무패 금메달이라는 전대미문의 대기록에 세계는 충격에 빠졌다.

그와 함께 그랑프리 단체전의 연승제 도입 논의도 사라져 버렸다. 이신이 은퇴하지 않는 한 그랑프리 단체전에 연승제는 도입되지 않을 거라는 전망까지 있었다.

—이신이 플레이오프의 무대에 돌아왔다!

—플레이오프 진출 팀들 '이신의 올킬 저지하라' 특명

—최환열 수석코치 "올도어는 이신의 원맨팀 아냐"

—이신 "나보단 제자들의 활약 기대"

이신 때문에 월드 SC 협회가 연승제를 꺼리듯, 한국은 더더욱 연승제를 사랑했다.

국민적인 영웅인 이신이 빛나는 모습을 보기를 좋아하기 때문. 그리고 지금에 와서는 이신뿐만 아니라 월드 스타급 선수가 더 탄생했기 때문에 그들의 활약도 보고 싶어 했다.

1R PO 1경기, 쌍성전자 대 JKT.

작년 우승 팀과 준우승 팀의 대결답게 치열한 접전이었다.

쌍성전자는 에이스 최영준을 선봉으로 야심차게 내보냈다.

팀의 기대에 부응하듯 최영준은 순식간에 2킬을 올리며 분위기를 고조시켰다.

위기를 느낀 JKT가 아끼고 싶었던 에이스 카드 박영호를 꺼냈고, 그렇게 쌍영전이 성사되었다.

역시 프로리그의 왕자였을까.

최영준은 지난번에 이신에게 당한 완패를 설욕하듯, 박영호의 철벽을 부수고 승리를 쟁취했다.

박영호의 폭탄충들이 대사제를 태운 수송기를 노렸지만, 사략기의 보호로 계속 살리며 전격 마법으로 전투 및 견제에서 연속 유효타를 친 게 주효했다.

그렇게 최영준의 올킬 가능성에 분위기가 한껏 고조된 상황. 하지만 JKT는 괴물 제국을 이룬 주역이 있었다. 바로 레전드 프로게이머 오성준이었다.

상대가 올드한 선수라는 점을 감안해, 최영준은 초중반의 올인 러시만 조심하면 된다고 생각했다. 하지만 예상과 달리 오성준은 아주 합리적인 운영을 펼쳤다.

폭탄충을 다수 동원해 최영준이 사락기와 수송기를 봉쇄.

제공권을 장악한 뒤에는 하늘군주에 병력을 태운 대규모 드롭으로 카운터를 날렸다.

그렇게 최영준을 꺾은 오성준이었지만, 이어진 5세트에서 쌍성전자의 차봉 박화성에게 아쉽게 패했다.

패색이 짙어진 JKT였지만, 제3의 오성준 혹은 제2의 박영호라 불리는 진철환이 있었다.

진철환은 3킬을 올리며 드라마틱한 역전극을 꿈꿨다.

하지만 쌍성전자가 끝까지 아껴두었던 카드가 결국 승부를 종결시켰다.

바로 신지호였다.

최근 신지호는 '인성과 이신 외엔 약점이 없다'는 우스갯소리가 있을 정도로 상승세였던 것이다.

그렇게 한 치 앞을 알 수 없는 접전은 간신히 쌍성전자의 승리로 돌아갔다. 쌍성전자는 플레이오프 결승에서 올도어SCC에게 설욕할 기회를 얻은 셈이었다.

물론 그것은 올도어SCC가 화성전자를 꺾고 결승에 올라왔을 때의 이야기였다.

이틀 뒤에 1R PO 2경기, 올도어SCC 대 화성전자의 대결이 시작되었다.

선봉은 특훈을 한 주디였다.

*　*　*

"성과를 보여 봐. 평소랑 똑같이 운영하되, 끝까지 버텨서 이기는 게 아니라 우세한 타이밍에 공격해서 적극적으로 승리를 쟁취하는 거야."

"네."

주디는 고개를 끄덕거렸다.

이신은 그런 그녀의 머리를 쓰다듬어 주었다.

"2킬만 해."

"네!"

루이비통 백팩을 매고 부스로 가는 주디의 모습은 나들이 나온 서양 소녀 그 자체.

"와아아아아!"

"예쁘다!"

"깔깔깔!"

주디가 대형 화면에 비치자 남자들의 환호가 유독 컸다.

남자들이 들고 있는 응원 피켓의 내용도 하나같이 팬심을 강렬하게 표출하고 있었다.

—주디 귀화해라.

—정부는 주디에게 시민권을 지급하라!

—올도어SCC 감독님께 : 주디한테 부엌일 시키지 마. 뒤질래?

—내 여동생 하자. 내가 금발로 염색하면 되겠니?

그런 응원 문구가 화면에 잡힐 때마다 관객들이 자지러져라 웃어댔다.

좋은 분위기에서 주디는 순조롭게 출발했다.

1세트는 주디 대 왕찬수.

인류 대 인류전이었다.

주디는 자신이 가장 좋아하는 동족전을 승리로 장식했다.

왕찬수는 대담하게도 '센터 2병영'이라는 초강력 치즈러시를 시도했는데, 그게 막혀 버리자 허망하게 패배했다.

그러자 화성전자는 신족 플레이어인 함만식을 투입했다.

함만식은 올해 들어 새롭게 화성전자의 1군이 된 촉망받는 신예였다. 작고 뚱뚱하고 인상은 순박했지만, 플레이 스타일은 상당히 거칠었다.

뛰어난 광신도 컨트롤, 아바타의 소환 마법으로 인류의 방어선을 붕괴시키는 난전 플레이.

어찌 보면 주디의 천적 같은 스타일이라 할 수 있었다.

'특훈의 성과를 볼 수 있겠군.'

아니나 다를까, 주디는 평소와 달리 충분한 병력이 모이자 과감하게 치고나가 싸우기 좋은 위치를 선점했다.

이에 질세라 뛰쳐나온 함만식.

유독 병력 구성에 광신도의 비율이 높았는데, 기동포탑의 포격을 뚫기 위해서였다.

하지만 정찰로 미리 파악했기에 주디는 고속전차의 비율을 높여 스피드와 지뢰를 잘 활용했다.

결국 함만식의 병력은 아이스크림처럼 녹아버렸다.

—주디 선수, 멈추지 않습니다! 그대로 진격! 고속전차 일부는 3시 확장 기지를 칩니다! 빨라요!

—평소보다 더 적극적인 주디 선수! 아, 함만식 선수 GG!

그렇게 2킬을 올린 주디는 이어지는 3세트에 출전한 괴물 플레이어 오창수까지 꺾는 기염을 토했다.

선봉으로 나서서 무려 3킬째!

—오늘 벌써 3킬째! 오늘은 평소와 달리 적극적인 공격성이 빛나는데요, 정말 올킬 작정한 건가요?!

—물론 화성전자는 신태호와 황병철이라는 두 패를 아껴놓고 있습니다만, 이건 너무 아끼다가 낭패를 본 것 같은데요.

—둘 중 하나를 빨리 꺼내서 활약하는 적 선봉장을 치웠어야 하지 않았을까요?!

—예, 너무 뒤에 있는 이신 선수를 의식했습니다. 올도어는 이신 원맨팀이 아니라 쟁쟁한 선수들이 이렇게 많은데요.

결국 화성전자는 신태호를 내보냈다.

37분가량이 소요된 장기전 끝에, 화성전자는 간신히 주디를 끌어내렸다.

물론 올도어SCC는 3킬을 달성하고 내려온 주디를 환영해 주었다.

"차이, 차봉 나가."

"네."

차이가 자리에서 일어섰다.

부스로 오르기 전에, 차이는 슬쩍 뒤돌아서 말했다.

"선생님."

"왜?"

"오늘 경기 제가 마무리하면 다음 경기에서 선봉 시켜주세요."

차이가 이런 당돌한 요구를 한 것은 처음이었다.

"신태호랑 황병철이야."

"알아요."

차이의 자신만만한 태도에, 이신은 고개를 끄덕여 승낙을 표했다.

차이는 웃었다.

그날, 1R PO 2경기는 5-1로 끝났다.

제8장

도발

차이는 이신이 했던 말을 기억했다.

"프로가 된 순간부터 선수는 연소되는 거야."

프로 생활을 하면서 그 의미가 조금씩 이해되기 시작했다.

이 세계에는 참 많은 촛불이 있었다.

한 번 타고 나면 다시는 돌아올 수 없는, 그래서 더 아름답고 흐르는 촛농이 안타까운 그런 촛불들…….

짧은 시간 동안 강렬하게 타올랐다가 다 녹아 사라지는 촛불도, 단아하게 오래오래 타는 양초도, 불빛이 너무 미세해 잘 보이지 않는 촛불도, 심지어 중간에 꺼져 버린 촛불도 있었다.

그렇게 전부 타고 나면 무엇이 남을까? 그게 무슨 의미일까?

오래전에 은퇴해 현역 시절을 아직도 그리워하는 최환열이나, 얼마 전에 은퇴 의사를 밝힌 박진수 등을 보며 차이는 많은 고민을 하게 되었다.

최환열처럼 훌륭한 선수 시절을 보낸 선수도 과거를 그리워한다.

어떻게 선수 생활을 보내야 후회도 그리움도 없을까?

다행스럽게도 차이는 한 가지 답은 알고 있었다.

일단 가장 밝게 타고 있는 불꽃을 향해 나아가면 된다.

그러면 안개가 짙어 앞이 안 보이는 길을 걸어도, 불빛이 있는 어딘가에 도착할 수 있지 않을까?

'기다리세요, 선생님.'

프로리그 초년생.

차이는 연소되기 시작했다.

*　　　*　　　*

"도와주세요."

차이가 그렇게 말했을 때 박진수를 의아함을 느꼈다.

최근에 팀 내에서 이신 다음으로 잘나가는 차이였다.

무슨 도움이 필요한 걸까?

"뭘 도와줘?"

"쌍성전자전이요."

"어, 네가 선봉이지?"

"네."

지난 PO 준결승전에서 차이는 차봉으로 출전해 화성전자의 두 에이스를 박살 내버렸다.

이신의 대항마로 아껴놓고 있었던 신태호와 황병철이 이신은 커녕 차이에게 꺾여 버린 것이다.

그렇다고 두 선수의 경기력이 좋지 않았던 것도 아니었다. 경기 내용을 보면 가뿐한 2킬이었다고 치부될 정도가 아니었다.

신태호는 자신의 장기인 장기전으로, 황병철은 엄청난 쐐기충 컨트롤을 보여주었다.

하지만 끝내 차이의 능숙한 운영과 날카로운 한 방에 무릎 꿇었다.

그날의 활약으로 차이는 초대형 신인으로 팬들에게 인상을 남길 수 있었다.

"일단 1세트 맵은 천상의 갈림길이지?"

"네."

"신족에게 살짝 유리한 맵이니까 아마 쌍성전자도 무난하게 신족 내보낼 거야."

"천상의 갈림길에서 가장 승률이 좋은 선수는 따로 있잖아요?"

"신지호 말이지?"

"네."

그랬다.

신족에게 살짝 유리한 맵이긴 한데, 특이하게도 이 맵에서 승률 1위인 선수는 바로 인류 플레이어인 신지호. 그래서 달리 '지호의 갈림길'이라고도 부른다.

"2세트 맵 봐봐."

"아……."

오염된 성좌. 지극히 괴물 맵이었다.

신지호를 내보냈다가 1세트만 이기고 2세트에서 괴물에게 저격당하면 에이스 카드 하나를 허망하게 잃는 것이었다.

"그럼 척 봐도 최영준이나 신지호가 1세트부터 나올 일은 없다고 봐야지."

"그러네요."

"게다가 쌍성전자 입장에서는 두 사람을 최대한 아껴두고 싶을 거야. 나중에 나올 이신을 상대해야 하니까."

차이는 고개를 끄덕였다.

"그럼 만약 네가 1세트를 이기면, 2세트는 일단 맵이 오염된 성좌이니 괴물을 내보내서 널 잡으려 하겠지. 아마 안재훈이 나올 거야."

안재훈은 쌍성전자의 1군 주전 괴물 플레이어였다.

"최영준이나 신지호가 나오는 건 3세트나 4세트겠지. 그런데 내 생각에는 3세트에서 최영준이 나올 거야."

"어째서요?"

"네가 2킬을 하면 쌍성전자가 좀 급해지거든. 에이스를 너무 아꼈다가 화성전자처럼 갑자기 확 궁지에 몰릴 수도 있잖아."

"신지호가 3세트에서 나오지는 않고요?"

"인류를 잘 잡는 건 최영준이야. 알다시피 우리 팀은 인류가 좀 많지? 최영준이 그때쯤 나서서 스코어러 역할을 해줘야지."

"3세트까지 이기면 어떻게 되는 거죠?"

차이가 재차 물었다.

박진수는 그런 차이를 잠시 빤히 바라보았다. 차이의 눈빛에 담긴 결의가 예사롭지 않았다.

'얘가 설마…….'

어째서 도와달라고 자신에게 요청한 건지 알 것 같았다.

"그렇게 되면 쌍성전자는 심히 곤란해질 거야. 믿을 건 신지호밖에 없는데, 나라면 차라리 남궁민재 같은 애를 내보내 보고 신지호는 최대한 아끼겠어."

신지호가 4세트에 나와 차이를 이긴다 해도 문제다.

뒤이어 올도어SCC가 신지호를 저격하기 위해 차봉·중견·부장을 맞춤으로 내보낼 것이 분명하기 때문이었다.

"어쨌거나 지금까지 이신을 이길 수 있는 가능성을 가장 많이 보여준 사람은 신지호야. 그러니까 신지호는 가장 마지막에 나올 거야. 뭐, 우리가 네 다음에 바로 이신을 낸다면 모를까."

박진수는 전략 팀의 책임자답게 상당히 신빙성 있는 분석을 내놓고 있었다.

쌍성전자의 선수층과 각 맵에 대한 승률 등을 조사했기 때문에 나올 수 있는 추론이었다.

"신족, 괴물, 최영준, 남궁민재, 신지호."

"아, 남궁민재가 선봉에 나올 수도 있겠다."

"아무튼 그렇게 준비하면 되겠네요."

"그래. 일단 네게 첫 번째 고비는 2세트야. 괴물 맵인 오염된 성좌에서 괴물을 이길 방법을 찾아야지. 이신이라면 2항공 스텔스 전투기로 조졌겠지만, 그런 컨트롤은 아무나 할 수 있는 게 아니고."

"알겠습니다. 감사합니다."

차이는 자기 자리로 돌아가 연습에 매진하기 시작했다.

그런 차이를 박진수는 귀엽다는 듯이 바라보았다.

"어리니까 포부도 크네."

차이는 쌍성전자를 상대로 올킬을 할 작정이었다.

감히 올해 갓 데뷔한 신인 주제에, 광기신족 최영준과 신지호가 있는 작년 우승 팀 쌍성전자를 말이다!

'옛날 생각난다.'

박진수도 올킬을 딱 한 번 한 적이 있었다.

그때도 데뷔 첫해였다.

신인상과 MVP를 동시에 수상했던 그 시절을 떠올리며 박진수는 그리운 추억에 잠겼다.

* * *

결전의 날이 왔다.

1R PO 결승전.

1라운드 풀리그에서 승점 1위를 한 올도어SCC와 2위 쌍성전자의 대결!

—오늘은 자존심 대결입니다. 지난해 우승 팀 쌍성전자와 신생 강호 올도어가 다시 한 번 맞붙습니다.

—오늘 이긴 쪽이 승점 40점을 가지고 1라운드를 기분 좋게 마감합니다.

—아, 물론이죠! 이긴 쪽이 1위로 마감하는 거잖습니까. 올도어SCC가 지금까지는 1위였지만 여기서 지면 2위로 마감하는 거예요!

—하지만 올도어SCC의 기세가 정말 무섭죠?

—예, 비단 팀에 신이 있기 때문만은 아닙니다. 이신 선수가 출전 안 했을 때도 올도어SCC는 계속 이겼어요!

—예, 그 올도어 돌풍의 주역이라 일컬을 수 있는 선수도 오늘 선봉장으로 나왔습니다. 차이 선수입니다!

—찻 차이! 한국 이름 이수열 선수! 신의 수제자로서 1라운드에서 활약을 톡톡히 했습니다.

—그렇습니다. 이신 선수가 그 짧은 시간에 키워낸 제자들이 지금 아주 무섭습니다. 주디 선수는 지난번에 3킬을 했고요, 차이 선수는 뒤이어서 신태호 선수와 황병철 선수를 잡고 경기 끝냈습니다.

—신을 잡으려고 벼르던 이단자에게 어딜 스승님을 넘보느냐고 잡아버렸어요!

—하하, 그런데 정작 본인이 스승님을 넘보고 있죠?

—하하하, 그러네요. 2021년 리그 시작했을 때 차이 선수가 조만간 이신 선수를 뛰어넘겠노라고 공언했는데, 그땐 호랑이 새끼니 건방지니 말이 많았죠?

—예, 지금까지의 활약을 보면 정말 호랑이 새끼가 맞습니다. 정말 장성한 호랑이가 되어서 스승을 물 수 있을지 그것도 기대되는 관점 포인트입니다.

1세트 경기가 시작되었다.

박진수의 예상과 달리, 1세트에 출전한 선수는 박화성이라는 인류 플레이어였다.

1군과 2군을 왔다 갔다 하는 선수인데, 올해 24살로 적은 나이가 아니었다.

운영 능력은 부족하지만, 폭발적인 컨트롤 센스가 압권이라 방심할 수 없는 선수였다.

물론 차이는 방심하지 않았다.

일찍 기갑정거장 6개를 짓고 고속전차를 쏟아내는 박화성의 타이밍 러시!

하지만 차이 역시 꼼꼼한 정찰로 병력 규모를 쫓아가며, 디펜스와 확장을 꾸준히 병행했다.

—아, 장기전을 바라보는 차이 선수인데, 박화성 선수는 그렇게 긴 시간 동안 참지 않을 것 같죠?

—하지만 찌를 구석이 있어야 들어가죠! 차라리 확장 기지를 쫓아가며 맵을 반씩 나눠 갖는 장기전이 나을 것 같은데요. 괜히 무리하게 들어갔다가는……!

바로 그 우려했던 상황이 나왔다.

차이가 계속 한발씩 앞서서 확장 기지를 가져가고 운영상의 주도권을 쥐자, 박화성이 참지 못하고 승부수를 던진 것이다.

박화성은 그야말로 완벽하게 꼬라박았다.

—아아!

—차이 선수가 짜 놓은 함정에 완벽하게 걸려들었습니다.

—너무 허망하게 병력을 갖다 바쳐서 GG도 쉽게 안 나오는 박화성 선수. 하지만 차이 선수가 그 GG 가지러 갑니다!

—유리하다 싶으니까 곧바로 뛰쳐나오죠! 정말 결단력 무섭습니다!

차이의 대규모 병력이 쌍두사처럼 갈라져 확장 기지 2군데를 단숨에 밀어버리고 앞마당을 압박하기까지, 박화성은 아무것도 해보지 못했다.

반격하는 차이의 스피드가 너무 빨라서 병력이 재생산되어서 디펜스를 구축할 틈조차 없었던 것!

—결국 GG!

—무서운 기세로 팀에 1승을 안겨주는 차이 선수!

그것은 시작에 불과했다.

2세트, 차이 대 안재훈.

괴물 플레이어 안재훈을 상대로 차이는 역시나 마술 같은 운영을 펼쳤다.

정찰로 꼼꼼히 살피며 안재훈이 쐐기충을 생산하려 한다는 걸 파악한 차이.

'해볼까?'

차이는 이색적인 빌드를 처음 시도했다.

보병·의무병을 충분히 확보하기보다는 기계보병을 먼저 생산한 것이다.

게다가 기갑부속연구소에서 개발된 기술은 바로 기계보병의 사거리 업그레이드였다.

빠르게 생산된 기계보병은 견제를 하러 온 안재훈의 쐐기충을 완전히 봉쇄해 버렸다.

사거리 업그레이드가 되어서 먼 거리까지 지대공 미사일을 쏘는 기계보병은 쐐기충이 접근도 못하게 만들었다.

이어서 병영을 5개까지 늘려 짓고 보병·의무병·화염방사병 생산에 돌입했다

차이는 특이한 병력 구성으로 진격에 나섰다.

—저게 뭔가요? 기계보병에 기동포탑에 보병에 의무병에 화염방사병에 전술위성에… 저건 뭐 인류의 종합선물세트인가요?!

—와아, 정말 저렇게 가면 안재훈 선수가 손 써볼 도리가 없죠. 정말 묵직하고 완벽한 한 방이 가고 있습니다.

앞장선 기계보병이 쐐기충이나 전술위성을 노리는 폭탄충을 쫓아내고, 보병·의무병·전술위성은 바퀴와 촉수충을 몰아낸다.

그야말로 이 타이밍에 나올 수 있는 완벽한 조합이었다. 괴물 맵인 오염된 성좌에서 차이는 안재훈을 압살해 버렸다.

—안재훈 선수 GG!

—마술처럼 완벽한 운영이었습니다. 정말 기세가 예사롭지 않습니다. 차이 선수의 2킬!

부스에서 나온 차이는 팀원들과 하이파이브를 했다.

카메라가 자신을 향해 다가오자, 차이는 웃었다. 그러고는 카메라를 향해 손가락 세 개를 펼쳤다.

—와하하! 저건 3명 남았다는 소리인데요?!

—저것도 스승에게 배웠습니까? 방금 올킬 선언이 나왔습니다.

—이러면 쌍성전자가 가만히 있어서는 안 되죠? 천하의 쌍성전자! 신도 아닌 저 신인 선수의 올킬 선언을 보고도 가만히 있어서는 안 되겠죠?!

—예, 그래서 나갑니다. 차이 선수의 도발이 저 선수의 광기를 깨웠습니다! 쌍성전자의 중견은 최영준 선수입니다!

차이는 웃음을 머금고 있었다.

바라던 바였다. 미리 구상해 놓았던 시나리오대로 흐르고 있었다.

뜨겁게 연소되고 있는 지금 이 순간이 너무나 좋았다.

—막나요?! 막을 것 같은데요!

해설위원 정승태가 소리를 질렀다.

모두가 감탄한 얼굴로 경기를 지켜본다.

3세트, 광기신족 최영준과 차이의 대결이었다.

시작은 최영준의 날카로운 빌드 오더 선택으로 시작되었다.

최영준의 선택은 암흑사제였다.

수송기에 암흑사제를 태워 상대 본진에 드롭하는 전략이었다. 그것은 상대를 봐가며 필요에 따라 디펜스를 하며 맞춰가는 차이의 스타일을 파악했기 때문이었다.

광신도 하나 뽑지 않고, 최대한 빠르게 테크 트리를 올려서 암흑사제와 수송기를 생산했다.

이걸 확인했을 때는 이미 늦을 터였다. 굉장히 날카로운 판단이었다.

모두가 최영준의 무시무시한 물량을 경계한다. 그러니 때때로 이런 전략적인 한 수가 빛을 발한다.

그때, 차이의 건설로봇 정찰이 다시 한번 시도되었다.

신도 한 명을 세워서 막고 있었기에 본진에 들어가지는 못했다.

하지만 아직 앞마당에 확장 기지를 건설하지 않은 최영준의 태도를 보고 차이는 무언가를 직감했다.

곧바로 무기개발소를 건설하는 차이. 지금부터는 시간 싸움이었다.

최영준도 상대가 낌새를 알아챘다는 것을 느꼈다.

암흑사제 2기를 곧바로 수송기에 태워서 떠났다.

—정말 빠른 암흑사제입니다! 차이 선수도 뭔가 눈치채고 무기개발소를 짓고 있는데요!

—빨리 무기개발소가 완성되고 대공포를 지어야 합니다. 근

데, 저건 못 막죠. 이렇게 빠른 타이밍에 나오는 암흑사제를 무슨 수로 막습니까?

그런데 막았다.

곧바로 무기개발소를 완성하고 곧바로 1초의 지체도 없이 본진과 앞마당에 대공포를 짓는 신속한 판단이 차이를 살렸다.

—서걱!

—으악!

—서걱!

—퍼어엉!

수송기에서 드롭된 암흑사제들이 암약하며 보병 3명과 건설로봇 1기를 암살했다.

하지만 그게 전부였다.

대공포가 완성되니 더 이상 암흑사제가 활개치고 다닐 여지가 없었다.

—아! 피해가 너무 적은데요!

—테크 트리 올리는 데 집중한 만큼 무언가 더 성과가 필요한데요. 이렇게 되면 차이 선수가 리드하게 되겠습니다.

—정말 대단한 운영을 펼칩니다, 차이 선수! 대체 이신 선수가 어떻게 가르친 건가요?

—저건 가르친다고 되는 일이 아니죠. 상대를 관찰해 가며 물 흐르듯이 맞춰 흐르는 운영이 정말 탁월합니다.

놀랍도록 침착하게 암흑사제를 막아낸 차이는 그때부터 주도권을 쥐고 게임을 지배했다.

불리함을 딛고 확장과 병력 생산을 쭉쭉 해나가며 따라붙은 최영준이었지만, 초반에 가진 불리함이 너무 컸다.

그럼에도 뿜어져 나오는 최영준의 물량!

엄청난 광신도와 거신병기 물량 앞에서, 차이는 업그레이드로 승부를 보았다.

공격력·방어력 업그레이드가 충실히 된 기동포탑과 고속전차가 전술위성과 함께 전진하자, 최영준조차도 도리가 없었다.

—rush—Joon : GG.

—최영준 선수, GG!

—GG!!

—쌍성전자 오늘 큰일 났습니다. 전에는 주디 선수가 3킬을 하더니, 오늘은 차이 선수가 선봉으로 나와서 대형 사고를 치고 있어요!

차이는 손가락 두 개를 펴며 세리머니를 했다.

—아, 저건 승리의 빅토리인가요, 아니면 2명 남았다는 뜻인가요?!

—둘 다입니다! 쌍성전자 벤치는 적막에 휩싸여 있습니다.

—최영준이 승리 하나도 못 올리고 이렇게 퇴장당했습니다. 저 무서운 기세의 차이 선수도 그렇지만 올도어SCC는 아직 이신은커녕 유진영, 사나다 료, 주디, 존 선수도 안 나왔어요!

—정말 주전 라인업이 무섭습니다, 올도어SCC!

—신이 정말 무서운 팀을 만들었습니다. 그 올도어 돌풍의 중심에는 신의 제자들이 있고, 그중 수제자라 손꼽히는 차이 선수. 이제 쌍성전자의 부장이 나오길 기다리고 있습니다.

—곤란하죠. 차이 선수의 기세가 저렇게 살아 있는데 신지호 카드를 바로 꺼내들어야 하나, 아니면 다른 선수로 한 번 노려볼까? 정말 고민이 깊은 하영훈 감독!

"좋겠다."

존이 차이를 몹시 부러워하는 눈길로 바라보았다.

차이는 웃었다.

"운이 좋았어."

"경기 내용이 운이 아니던데."

"박진수 코치님 예측이 정확했어. 거의 다 준비했던 대로 맞아떨어졌어."

"씨, 난 언제 그렇게 활약해 보지."

"신족전과 인류전을 좀 더 잘하게 되면?"

"닥쳐."

"그건 좀 거친 표현이잖아. '시끄러'가 적당하지."

"닥쳐."

"오케이, 알고 쓴 표현이구나."

아웅다웅 잘 노는 두 외국인 소년의 모습에 올도어SCC 벤치의 선수들은 웃음꽃을 피웠다.

마침내 쌍성전자가 부장을 정했다.

바로,

"오케이, 남궁민재다."

"저것도 박진수 코치님 예상대로야?"

"응."

존은 홱 하고 박진수 코치를 바라보았다.

"치사해요!"

"음? 뭐가?"

"다음번엔 저도 저렇게 활약할 기회를 주세요!"

"저건 차이가 잘한 거지."

"아무튼요!"

"음, 그럼 일단 네 기갑 체제부터 좀 보완해 보도록 하자."

존은 입술을 삐죽 내밀었다.

그렇지 않아도 열심히 부족한 부분을 연마 중인 존이었다.

올도어SCC는 그렇게 여유가 넘쳤다

차이가 이미 가장 강적이었던 광기신족 최영준까지 치워 버린 것이었다.

차이가 졌다면 바로 이신이 차봉으로 나가려고 했는데, 그럴 필요가 없어졌다.

4세트, 차이 대 남궁민재.

JKT에서 연습생 시절을 보내고 개인리그에서 두각을 보이자 쌍성전자가 작년 초에 영입했다.

그리고 작년의 남궁민재의 승률은 5할 대로 나름대로 성공적인 영입이었다고 평가되고 있었다.

특기는 철갑충차 컨트롤.

속도 업그레이드가 된 수송기에 철갑충차를 태워서 펼치는 견제 플레이가 일품이었다. 철갑충차의 충격탄이 가진 파괴력과 의외성이라면 승부가 어찌 될지 모른다는 계산이었다.

충격탄이 계속 불발이 나서 견제에 실패하면 최영준이 플레이한다 해도 불리해진다.

반대로 충격탄이 대박이 터지면, 상대가 이신이라도 이길 수 있는 것이 바로 철갑충차의 변수였다.

박진수가 최근에 철갑충차를 활용한 플레이에 주력한 것도 바로 그러한 의외성 때문이었다.

안타깝게도 그런 쌍성전자 벤치의 생각이 너무 쉽게 읽혀 버렸다.

차이는 이미 박진수에게 들어서 남궁민재가 철갑충차로 갈 거라는 사실을 예상하고 있었다.

그냥 일반적인 플레이로 남궁민재가 최영준마저 꺾은 차이를 이길 수 있다고 생각하긴 힘들기 때문이었다.

수송기가 철갑충차와 광신도를 1기씩 태우고 왔을 때, 기계보병이 열렬히 환영해 주었다.

—아! 기동포탑의 포격모드도 생략하고 기계보병의 사거리 업그레이드부터 개발했어요!

—너 그거 할 줄 알았다고 말하는 것 같죠?!

모든 비행 유닛의 재앙인 기계보병!

업그레이드가 된 기계보병의 지대공 미사일 사거리는 매우 길었다.

—퍼어엉!

수송기가 폭발해 버렸다.

폭발 직전에 남궁민재가 다급히 유닛을 내리게 했지만,

—아아아! 간신히 살린 유닛이 광신도예요!

—그 비싼 철갑충차는 수송기와 함께 장렬히 산화!

—아주 눈치가 귀신입니다. 세상 어떤 인류가 기계보병의 사거리 업그레이드를 먼저 하나요?!

—아까 2세트에서 안재훈 선수의 쐐기충을 기계보병으로 잡았을 때도 그랬고, 상대를 보고 그 맞춤 답안을 정확하게 내고 있습니다!

—아, 궁지에 몰린 쌍성전자! 2년 연속 우승 팀의 체면이 말이 아닙니다!

—이대로 지면 그야말로 올도어의 시대가 시작되는 겁니다!

—이제 슬슬 차이 선수도 몸이 달았을 겁니다. 올킬이 눈앞입니다! 쌍성전자를 상대로 올킬을 했다? 이건 말이 안 됩니다! 차이 선수가 단번에 톱을 다투는 초일류로 위상이 격상되는 거예요!

간단한 하이파이브만 한 뒤에 차이는 조용히 자리에 앉아 눈을 감고 명상에 잠겼다.

이제는 존도 박진수도 그 누구도 차이를 건들지 않았다. 중요한 대기록이 코앞이었다.

상대는 신지호.

박영호를 접전 끝에 물리치고 결승에 올라와 이신과 겨뤘던 그 강자였다.

실력?

더 이상 신지호의 실력에 의심을 품는 사람은 없었다.

특히 작년 후반기 개인리그 결승전에서 이신을 상대로 보여준 1, 2세트는 실로 가공할 역량이었다.

—예, 나옵니다. 쌍성전자의 대장 신지호가 무거운 짐을 안고 부스에 올라왔습니다.

—놀랍게도 올해 프로리그 1라운드에서 신지호 선수의 승률은 10할! 현재까지 전승입니다!!

—실로 무서운 기세입니다. 풀리그에서 올도어SCC에게 3—1로 패했을 때도 그 1은 신지호 선수였어요!

—저 신지호라는 산까지 넘으면, 차이 선수 그때는 정말…….

—정말로 그때는 초일류라고 자기 클래스를 입증하는 겁니다! 어쩌면 이신 선수를 능가하겠다고 했던 그 말을 증명하고자 오늘 벼르고 나온 게 아닐까 하는 생각마저 듭니다. 최환열 수석코치에게 들었는데, 오늘 선봉은 차이 선수가 요구했다고 합니다!

—아, 그렇습니까? 그럼 정말 벼르고 나와서 4킬까지 하고 올킬도 눈앞에 둔 거네요? 원래 이게 마음먹는다고 되는 일이었나요?

—안 되죠! 진짜 일류가 아니면 못 합니다, 올킬은! 한두 번

은 운으로 이길 수 있어도, 5명과 전부 붙으면 자신의 밑바닥이, 가진 기본 역량이 나타납니다. 그 기본기가 우수해야 하는 겁니다!

신지호가 부스에 들어서서 장비를 세팅했다.

테스트 게임이 끝나기까지 오래 걸려서 주어진 준비 시간 30분을 전부 소요한 신지호였다.

마침내 5세트가 시작되었다.

그런데 상대가 신지호라고 그런 것일까? 이번에도 차이의 빌드 오더가 살짝 이상했다.

—아, 광산과 병영을 동시에 짓는 차이 선수! 타이밍이 너무 빠른데요?

—예, 일꾼이 이제 9명밖에 없는데 군량고도 안 짓고 광산·병영? 이거 초반에 극도로 테크 트리를 빨리 올려서 힘주겠다는 뜻으로 보입니다.

차이는 거의 허리띠를 졸라맨 듯한 타이트한 운영을 했다.

건설로봇은 10기 이상 생산하지 않고 대신 맵 센터로 건설로봇을 보냈다.

이윽고,

"오오오오!"

경기장에 나지막한 탄성이 울려 퍼졌다. 맵 센터에 기갑정거장을 짓기 시작한 것이다.

광물이 더 모이자 건설로봇 또 1기가 맵 센터로 나와 기갑정거장 1개를 더 건설했다. 그리고 광산에서 일하던 건설로봇을 전부 식량 자원 채집으로 돌려 버렸다. 이제 광물 자원은 필요 없었다.

—극단적으로 빠르게 테크 트리를 올려서 고속전차를 뽑으려고 합니다!

—지금 타이밍에 일꾼 숫자가 저것밖에 없는 게 말이 됩니까? 정말 딱딱 맞는 자원 배분입니다.

차이가 짓기 시작한 기갑정거장 중 하나가 완성되었을 때, 신지호는 이제야 기갑정거장을 하나 짓고 있었다.

정상적인 1기갑 더블 빌드 오더.

평소에는 1병영 더블을 하던 신지호가 이번에는 나름 테크 트리를 빨리 올리며 주도권을 쥐기 위해 변화를 준 것이었다.

맵 센터에서 생산된 고속전차 3기가 신지호의 본진에 들어왔을 때, 게임은 이미 끝난 것이나 다름없었다.

타이트하게 일꾼 숫자를 조절하며 올린 극단적인 테크 트리.

심지어 맵 센터에서 생산했기 때문에 신지호의 진영에 도착하는 타이밍이 예술적으로 빨랐다.

신지호는 완전히 허를 찔린 셈이었다.

그에게도 고속전차 1기가 있었지만, 3 대 1은 싸움이 되지 않았다.

건설로봇이 우르르 달려나와 고속전차에 붙어 수리했지만, 차이가 고속전차를 일점사하여 터뜨리는 게 더 빨랐다.

신지호가 얼굴이 일그러뜨리며 GG를 쳤을 때,

"……!!"

차이는 벌떡 일어나 환희에 차 뭐라고 함성을 질렀다.

부스에서 뛰쳐나와 펄쩍펄쩍 뛰며 좋아했다.

"와아아아아!!"

팬들의 함성이 차이의 승리를 반겼다.

누구도 예상하지 못했던 차이의 올킬!

이신의 적수가 즐비했던 쌍성전자를 상대로 한 충격의 올킬 활극이었다.

"저 어땠어요?"

차이가 상기된 얼굴로 이신에게 물었다.

"잘했어."

덤덤한 이신.

"이만하면 그럴듯하죠?"

"뭐가?"

"스승님 상대로요."

차이는 웃으며 말을 이었다.

"전반기 개인리그, 기대하세요."

새끼 호랑이.

잘 키운 제자가 스승을 물겠다고 이빨을 드러내고 있었다.

이신도 웃었다.

스승을 위협하는 제자. 그야말로 이신이 바라던 바였다.

제9장

출현

1라운드의 MVP는 차이였다.

단 1패만 빼고 출전한 모든 경기에서 승리했고, 특히 1라운드 플레이오프에서의 활약이 매우 컸다.

화성전자 전에서 신태호와 황병철을 꺾었다.

쌍성전자 전에서 최영준과 신지호를 포함한 주전 5인을 올킬!

박영호에게 당한 1패를 제외하면, 그야말로 이신의 대항마라 할 수 있는 강자들을 단시일에 다 꺾어버린 셈이었다.

그 올킬로 그저 신의 제자일 뿐이었던 차이는 단숨에 톱클래스로 인지도가 발돋움했다.

—차이 선수, 오늘의 주인공이 되셨는데 기분이 어떠십니까?

—아주 좋습니다.

—아, 그런 단답형 말투까지 스승님을 닮지 말아주세요.

—음, 너무너무 좋습니다.

—하하하!

차이의 대답에 사회자 이병철은 물론 관객석에서도 웃음이 퍼져 나갔다.

—아니, 오늘 올킬을 할 수 있을 거라고 예상이나 하셨나요?

—네.

—어, 진짜요? 오늘 나 올킬하겠네, 하고 나오신 거라고요?

조금 짓궂게 묻자 차이가 웃으며 답했다.

—예상이 아니라 결심이었습니다. 다행히 쌍성전자에서 선수를 내는 순서가 딱 박진수 코치님의 예상대로여서 준비했던 전략들을 모두 쓸 수 있었습니다.

—아, 플레잉코치인 박진수 선수가 크게 한몫했네요. 그런데 듣자하니까 선봉에 서고 싶다고 자청하셨다면서요?

—네.

—와아, 그건 아주 작정하고서 오늘 올킬을 준비하셨다는 뜻인데, 특별한 이유라도 있습니까?

그 물음에 차이는 빙글거리며 웃었다.

—증명하고 싶었습니다.

—무엇을요?

—제가 선생님을 꺾을 수 있는 사람이라는 것을요.

"와아아아!"

"오오오!"

관객석에서 환호성이 터져 나왔다.

사회자 이병철은 재미있다는 듯이 이번에는 이신에게 마이크를 건넸다.

—자, 이신 선수. 호랑이 새끼를 키우셨는데요.

"와하하하하!"

이신은 마이크를 받아 들고 말했다.

—절 꺾고 싶어 벼르는 사람이 많다는 건 참 즐거운 일 같습니다. 개인리그가 기대됩니다.

박수가 쏟아졌다.

그렇게 올도어SCC는 1라운드를 1위로 마감했다.

*　　　*　　　*

리쟈가 중국어로 뭐라고 타이르며 옷매무새를 다듬는다.

장양은 귀찮은 기색이 역력했지만 순순히 그녀의 손길에 따른다.

"장비는 다 챙겼니?"

옆에서 차이가 물었다. 장양은 고개를 끄덕였다.

"한번 확인해 봐. 꼭 하나씩은 빼먹던데."

주디가 부엌에서 도시락을 싸며 말했다. 이에 차이는 장양의 게이밍 백팩을 집어 들었다.

"좀 볼게."

장양은 고개를 끄덕였다.

그 모습을 보며 리쟈는 감동에 젖은 표정이 되었다.

장양이 타인의 질문에 고개를 끄덕여 의사소통을 하는 모습을 보며 또 감개무량한 모양이었다.

가만 보면 장양을 친동생 내지는 자식처럼 보살피는 리쟈였다.

가방을 뒤적거리던 차이가 한숨을 쉬었다.

"마우스패드 안 넣었잖아. 또 연습실에 두고 왔구나. 마우스패드 아무거나 써도 상관없는 거야? 패드마다 느낌이 다 다르단 말이야."

장양은 눈을 동그랗게 뜨더니 고개를 저었다. 그러자 소파에서 오대십국 시대를 다루는 역사책을 읽던 이신이 말했다.

"내 거 하나 가져다 넣어줘."

"네."

차이는 거실에 비치된 수납장 서랍을 열어 잔뜩 쌓여 있는 마우스패드 하나를 꺼내 포장을 뜯고 장양의 게이밍 백팩에 넣어주었다.

제자들은 모두들 이신과 똑같은 장비를 쓰고 있었다.

주디와 존은 원래부터 이신의 열혈 팬이라 장비까지 똑같은 걸 따라 썼고, 차이는 자기 마우스가 고장 나자 임시로 이신의 마우스를 써봤다가 손에 잘 맞아서 계속 사용 중이었다.

장양은 중국에서 장비를 안 가져와서 이신이 주는 대로 갖다 쓰는 중이었다.

"그거 봐, 꼭 하나씩은 빼먹지?"

다 싼 도시락을 한 보따리 들고 온 주디가 생글거렸다.

"사소한 것을 별로 생각 안 해서 자주 빼먹곤 합니다. 잘 챙겨주십시오."

리자가 모두에게 말했다.

"염려 마세요."

차이가 웃으며 답했다.

"휴, 이렇게 친구들이 생겨서 얼마나 다행인지……."

"다 됐어?"

이신이 물었다.

"네!"

모두들 대답했다.

"그럼 가자."

이신은 책을 덮고 일어섰다.

이 많은 인원이 다 이신의 롤스로이스 팬텀에 탈 수는 없었기에 리자가 따로 준비한 승합차에 타고 출발했다.

1라운드가 모두 끝나고 프로리그는 짧은 휴식기에 들어간 상태.

선수들 역시 1박 2일의 짧은 휴가가 주어졌는데, 제각기 집에 다녀오거나 곧 시작되는 개인리그를 준비했다.

그리고 이신은,

'이참에 아마추어리그에서 쓸 만한 애가 있나 봐야겠군.'

그랬다.

오늘은 아마추어리그가 열리는 날이었다.

온라인에서 B등급 이상 되는 아마추어들이 모두 모여서 치르는 대회로, 우승 시 상금도 있지만 그보다는 준프로 자격증이 훨씬 중요했다.

장양의 온라인 랭킹은 벌써 A등급.

곧 있으면 S등급을 바라볼 수 있는 수준이었다.

팀 내에서는 2군 선수들도 당해내지 못할 정도.

처음에는 컴퓨터처럼 자기 할 일만 하는 단조로움 때문에 심리전에 잘 속아 넘어가는 약점을 보였던 장양이었다. 하지만 이신과 함께 지내면서 슬슬 상대가 같은 사람이라는 것을 생각하게 되었다.

속임수의 대가인 최환열에게 워낙 많이 시달린 탓도 있었는지, 장양의 플레이는 점차 기계에서 사람으로 변했다.

그리고 지금에 와서는 1군 선수들도 가끔씩 질 정도가 되었다.

'어서 준프로 따고 출전시켜야지.'

올도어SCC는 1군에 괴물 라인업이 유진영밖에 없었다.

끽해야 가끔 깜짝 카드로 써먹는 한태화 외에는 아직 다들 수준 미달이었다.

이러다가 유진영이 부진에 빠지기라도 하면, 그땐 정말 이신이 괴물을 해야 할 판이었다.

이신으로서는 장양을 어서 팀 주전으로 써먹고 싶었다.

정신적인 측면에서 아직 부족한 게 많지만, 피지컬은 그야말로 괴물인 장양 아닌가!

정확 무비한 컨트롤과 조금의 오차도 없는 운영, 허를 찔러도 곧장 대응하는 미친 반응속도까지, 정말로 컴퓨터가 아닌지 의심될 정도였다.

박진수가 만든 선수 분석표대로 따져 본다면 컨트롤, 디펜스, 반응속도는 셋 다 100을 찍을 게 분명했다.

어찌 되었든 장양이 프로게이머로서 첫발을 내딛을 수 있는 중요한 날이었고, 그렇기 때문에 휴가를 얻어서 할 일이 없는 제자들까지도 따라가기로 했다.

아마추어리그가 끝나면 이 외국인들을 위하여 다 같이 경복궁에 관광을 가기로 했다.

'귀찮지만 어쩔 수 없지.'

리쟈가 하도 간곡하게 매달리는 통에 거절하기가 힘들었다.

외출을 싫어하는 건 장양이나 이신이나 매한가지. 하지만 그동안 폐쇄적으로 살아온 장양을 되도록 외출시켜 다양한 경험을 쌓게 하는 건 중요한 일이었다.

* * *

용산 e스포츠 센터에 검정색 벤이 도착했지만 신경 쓰는 사람은 별로 없었다.

하지만 거기서 차이가 내리자 여기저기서 웅성거리기 시작했다.

"우와, 차이다!"

"재가 얼마 전에 쌍성전자 올킬해 버렸잖아."

"여기 왜 나타났지? 아마추어리그 참가하러 온 것도 아니고."

"사인해 달라고 해볼까?"

프로리그 경기도 없는 현재 e스포츠 센터에 모인 이들은 대부분이 아마추어리그 참가자나 그 친구들이었다.

당연히 차이를 한눈에 알아볼 수밖에 없었다.

뒤를 이어 주디가 내리자 동요가 더욱 커졌다.

"예, 예쁘다!"

"쩐다."

"차이에 이어 주디까지 나타났으면……."

주디의 미모는 대부분 나이가 어린 아마추어 선수들의 방심을 크게 흔들기에 충분했다.

존과 장양, 리쟈가 내리고, 마지막에 이신이 내렸다.

"우와!"

"신이다!"

"젠장, 난 가서 사인 받을래."

그때까지만 해도 실례 불고하고 접근해서 말을 걸어볼까 말까를 고민하던 사람들이 우르르 달려오기 시작했다.

장양은 겁을 먹었고, 이신은 눈살을 찌푸렸다.

결국 몇 명 사인을 해주다가 간신히 뿌리치고 안으로 들어갈 수 있었다.

그런데 센터 건물 안으로 들어왔을 때, 의외의 인물이 일행과 함께 있었다.

"너도 왔냐."

바로 방진호 감독이었다.

"무슨 일이세요?"

"무슨 일이긴. 우리 애들 몇 명 참가했다. 근데 얘도 네 제자라면서?"

방진호 감독은 장양을 가리켰다.

"그렇습니다만."

"그래, 그때 봤던 개네. 벌써 아마추어리그 참가시킨 거야?"

"예."

"온라인 랭킹 몇 등급인데?"

"A."

"잘하냐?"

"웬만하면 종합 우승할 겁니다."

"…젠장. 우리 애들이랑 안 만나길 바라야겠네."

방진호 감독이 눈살을 찌푸렸다. 이신은 빈말을 할 줄 모르니 정말로 압도적으로 잘한다는 뜻이었다.

"근데 말이 없네. 한국말 못 해?"

"못 합니다."

사실이었다.

알아듣기만 하지 입 밖에 한국말을 뱉은 적은 없었다.

방진호 감독이 쳐다보자 장양은 리자의 뒤로 숨었다. 워낙 인상이 강한 방진호 감독이라 극도로 낯을 가리는 장양이 겁을 먹은 것이었다.

"그만 보십시오, 애 겁먹습니다."

"내가 뭘 했다고 겁을 먹어?"

와락 인상을 찌푸리는 방진호 감독. 그럴수록 장양은 더욱 겁먹었다.

"저래갖고 프로 경기 뛸 수 있겠어?"

"부스 안에는 아무도 없으니까 괜찮습니다."

"쟤 뭐 문제 있냐?"

"자폐증 외엔 딱히 없습니다."

"문제 있었네! 왜 진작 말을 안 해?!"

"많이 좋아졌습니다."

방진호 감독과 이신은 벌써부터 티격태격하기 시작했지만, 자연스럽게 함께 아마추어리그 내내 붙어 다니게 되었다.

이신과 제자들의 등장에 용산 e스포츠 센터가 웅성거렸다.

아마추어리그에 참가한 선수들이 쉬는 시간을 틈타 친구들과 함께 구경하러 오곤 해서 이신의 주변은 언제나 인산인해였다.

"온 김에 우리 애들도 좀 봐줘."

"그러죠."

이신은 장양을 리쟈 및 제자들에게 맡겨놓고 방진호 감독과 함께 움직였다.

장양은 B조라 시간을 기다려야 했고, 방진호 감독이 데려온 연습생 2명은 A조라 이미 경기를 진행하고 있었다.

먼저 인류를 플레이하는 MBS 연습생의 128강 경기를 보았다.

슥 본 이신은 고개를 저었다.

“컨트롤을 다듬어야 합니다.”

“어떻게?”

“컨트롤하지 말라 하십시오.”

“뭐? 그게 무슨 개떡 같은 소리야?”

“보병 컨트롤은 쓸데없이 안 건드리는 편이 좋습니다.”

“넌 잘만 건드리잖아. 존도 그렇고.”

“그 정도로 잘하지 않으면 컨트롤 붙잡고 있어도 시간 낭비입니다.”

“쓸데없이 컨트롤하는 게 별로 효과가 없다는 말이지?”

“예. 그냥 효과적인 진형(陣形)만 잡고 다른 일 하는 게 좋습니다.”

“쯧, 재가 컨트롤에 좀 집착하는 경향이 있긴 하지. 아직 어려서 그런가. 또 다른 건 없고?”

“척 봐서 어떻게 다 파악합니까? 좀 더 보겠습니다.”

“어, 그래.”

계속 보다가 이신은 또 딴죽을 걸었다.

“랠리 포인트 찍을 때 일일이 화면을 왔다 갔다 하면서 찍습니까?”

랠리 포인트(Rally point)란, 특정 건물에서 생산된 유닛이 집결할 장소를 뜻했다.

MBS의 연습생은 병영 6개의 랠리 포인트를 하나하나 일일이 앞마당으로 찍고 있었다.

"그럼?"

이신은 혀를 찼다.

"건물 모여 있는 곳과 랠리 찍을 곳 두 군데를 화면지정 단축키로 등록해 놓고, 단축키로 왔다 갔다 하면 더 빠르게 합니다."

"…아, 그러네."

방진호 감독에게 이것저것 알려주는 이신. 이는 방진호 감독에게 신세 진 일을 어느 정도 갚는 행위라고 할 수 있었다.

이신이 코치로 합류하고 선수로까지 뛰어줘서 마케팅적으로 도움을 많이 줬지만, 팀을 나오면서 주디까지 데리고 나오는 바람에 방진호 감독을 힘들게 한 측면도 없지 않았던 것이다.

이신 군단이 우르르 출현하자 아마추어리그에 긴장감이 돌았다.

널리 알려진 이신의 제자들, 차이·존·주디와 함께 있던 장양이 아마추어리그 B조로 참가한 것.

"혹시 걔도 제자 아냐?"

"생긴 것도 묘하게 이신이랑 비슷하던데."

"양아들인 줄……."

"이신이 데려왔으면 존나 잘하겠지?"

"아, 나랑 같은 조인데! 32강에서 만난단 말이야."

"인마, 넌 64강이나 갈 생각을 해라."

이는 비단 아마추어리그 참가자만의 걱정이 아니었다.

각자 소속 팀의 연습생을 데리고 나타난 팀 코치들도 불안감을 감추지 못했다.

"제자인가?"

"제자겠지. 올도어SCC랑 친선 연습할 때 봤어. 완전 딱 붙어 다니던데."

"중국에서 데려왔다는 걔일 거야."

"이신이 묘하게 외국에서 재능 있는 애들을 잘 찾아서 데려온다던데. 골 아프네, 이거. 쟤 종족이 뭐야?"

"헉, 아이디가 YANG이었어?"

"S등급까지 얼마 안 남았지? 나 쟤한테 영입 제의 쪽지 보냈었는데."

그렇게 장양은 모두의 주목과 경계 속에서 128강 첫 경기를 치르게 되었다.

3판 2선승제로 진행되는 예선 첫 경기. 상대는 평범한 인류 플레이어였다.

피차 평범한 빌드 오더로 정석적인 운영을 했다.

하지만 문제는 상대의 앞마당에 얼씬거리며 압박하던 바퀴 8마리의 이상한 움직임으로 시작되었다.

장양이 별안간 참호가 건설되어 있는 인류의 앞마당을 공격.

건설로봇 다수가 앞마당에서 일하다가 뛰쳐나와 방어했지만, 그중 3마리가 본진으로 침투하는 데 성공했다.

하지만 고작 바퀴 3마리. 그걸로 정찰 외에 할 수 있는 일은 별로 없었다. 추가 생산되는 보병으로 잡으면 그만이다.

…라고 모두가 생각했다.

—퍼어엉!

바퀴 3마리가 날렵하게 돌아다니다가 광산에서 광물을 채집하던 건설로봇을 기습적으로 사살했다.

계속해서 공격하려 하자, 일하던 건설로봇들이 다수 싸움에 동원되었다. 그러자 싸우지 않고 휙 물러나 버리는 바퀴들.

한번 자원 채집을 방해한 바퀴들은 계속 돌아다니며 상대의 신경을 거슬리게 했다.

급기야 항공정거장과 군량고를 짓던 건설로봇들까지 잡혀 버려서 테크 트리 올리는 데 차질까지 생겼다.

생산된 보병들이 총을 들고 쫓아오자 바퀴 3마리가 각각 따로 도망가서 술래잡기를 했다.

그러는 동안 장양은 상대의 빌드 오더를 훤히 들여다보며 맞춤 운영을 하고 있었다.

"잘한다."

주디가 중얼거렸다.

"근데 상대가 너무 컨트롤이 약하네. 그 상황에서 왜 바퀴들의 본진 난입을 허용하는 거야?"

존의 반론.

"다 너처럼 컨트롤이 되는 게 아니야."

차이가 그런 존에게 한마디 했다.

가여운 상대는 이제 장양의 쐐기충들에게 탈탈 털리기 시작했다.

어디에 대공포가 지어져 있는지 장양은 바퀴들을 통해 다 본 뒤였다.

"아, 보는 내가 괴로워."

존은 이신의 괴물과 연습했을 때의 연패가 떠올라 움찔했다.

그때의 이신만큼이나 장양의 쐐기충 컨트롤은 예술이었다.

한 치의 오차나 삐끗거림도 없이, 쐐기충 편대는 쐐기를 쏘고 뒤로 빠지기를 반복했다.

그 순간, 바퀴들까지 우르르 앞마당을 공격했다.

쐐기충과 바퀴들이 합격을 펼치자 한순간에 인류의 디펜스가 분쇄되었다.

상대는 맥없이 GG를 쳤다.

다음 판도 똑같이 쐐기충을 쓴 장양이었지만, 상대는 막지 못했다.

"알아도 못 막네."

"사실 나도 알고 대비해도 피해를 아예 안 받을 수는 없더라."

제자들이 한마디씩 하며 장양의 플레이에 감탄했다.

알아도 못 막는 컨트롤을 펼치는 상대가 가끔씩 있다.

자신의 디펜스 능력을 밑바닥까지 드러나게 만드는, 그런 상대 말이다.

64강전 상대는 신족.

장양은 이번에도 빠르게 바퀴 6마리를 뽑아 상대의 캐논포 방어를 무시하고 2마리를 본진에 집어넣었다.

신족은 초반에 원거리 공격이 가능한 유닛이 없었기 때문에 더욱 활개 치는 바퀴들을 처리하는 데 애먹었다.

장양은 그야말로 불꽃같은 멀티태스킹을 펼쳤다.

태연자약하게 자기 할 것을 다 하면서, 바퀴를 잽싸게 움직여 신도를 공격하다 빠지기를 반복했다.

—으아악!

—으악!

그런 식으로 신도가 3마리나 죽자, 상대가 안쓰러워질 지경이었다.

그야말로 본진에 들어온 바퀴 2마리가 게임을 끝내 버렸다.

열심히 쫓아오는 광신도를 꼬리에 달고 다니며 활개 치는 바퀴가 무려 신도를 6마리나 잡아버린 것이었다.

그러자 상대는 아직 결판도 안 났는데도 GG를 쳐 버렸다. 누가 봐도 멘탈이 나간 게 틀림없었다.

바퀴 2마리로 거둔 승리.

전율스러운 컨트롤과 멀티태스킹이었다.

"진짜 멀티태스킹 기계네."

"게임 만들 때 상대를 아슬아슬하게 계속 괴롭히라고 인공지능을 짜면 저런 형태가 되겠지?"

차이와 존이 경악을 했다.

장양의 개인 화면을 보고 있노라니, 얼마나 컨트롤과 멀티태스킹이 괴물 같은지 여실히 알 수 있었다.

* * *

'이신의 네 번째 제자가 나타났다!'

'아마추어리그에 이신과 제자들 총출동!'

소식을 접하자 e스포츠 관련 기자들이 용산에 모여들기 시작했다.

"이신 선수, 또 다른 제자가 아마추어리그에 참가한 게 사실입니까?"

"인터뷰 좀 해주시면 안 되겠습니까?"

"장양이라는 그 선수 맞죠?"

e스포츠 쪽의 기자들은 아직까지 최소한의 매너가 있었다.

경기에 참가 중인 장양을 직접 붙잡고 묻기보다는 이신을 취재 대상으로 삼은 것.

물론 워낙에 말이 직설적인 이신이라 기자들이 좋아하는 경향도 컸다.

"맞습니다."

장양을 굳이 숨길 이유가 없었다.

팬들의 사랑을 먹고 자라야 하는 프로게이머이므로, 언론을 통해 소개가 나가면 더 좋을 것이다.

"장양 선수의 이번 성적이 어느 정도일 거라고 예상하십니까?"

"종합 우승입니다."

"하하, 그야 뭐 주디 선수나 존 선수, 차이 선수도 다 그랬으니까요. 종합 우승은 기본 소양이겠지요?"

당연하지만 존과 차이도 준프로 자격을 따기 위해 아마추어리그에 출전했었다. 그리고 당연하게 종합 우승을 차지했다.

그렇다 보니 아마추어리그 종합 우승은 이신의 제자로서의 기본 소양이 되었다.

이신이 계속 말했다.

"종합 우승은 당연하고, 한 세트도 지지 않는 것을 목표로 하고 있습니다."

"오, 정말입니까? 다른 팀 연습생들도 많이 참가했는데요."

"장양은 컨트롤과 멀티태스킹 같은 기본 소양만 가지고 본다면 저를 능가합니다."

"하하하, 이신 선수답지 않게 제자를 너무 띄워주는 것 아닙니까?"

"예, 아닙니다."

그때, 오랫동안 알고 지냈던 베테랑 기자 하나가 손을 휘휘 내저으며 입을 열었다.

"에이 됐고, 그냥 편하게 가자고. 이신 씨, 뭔가 기삿거리로 쓸 만한 특별히 재미있는 건 없을까? 괜찮게 잘 포장해서 써줄게."

다른 기자들도 저마다 고개를 끄덕였다.

사실 장양은 이신의 제자라는 것 말고는 대중이 관심을 가져야 할 특별한 이유가 알려져 있지 않았다.

"평균 APM이 700에 달하는 괴물이라면 좀 재미있겠습니까?"

"오, 진짜?"

"할아버지 함자가 장첸이었던가? 아무튼 할아버지가 중국에서 꽤 거물이라고 했던데 그건 어떻습니까?"

"어어, 그런 것도 좋지!"

기자들의 손이 점점 빨라졌다.

"자폐증을 앓아왔는데 지금은 많이 좋아졌고 극복하는 과정에 있습니다."

"정말이야? 이거 스토리가 되는데?!"

"좋다! 어떻게 만나게 됐는지도 좀 알려줘 봐, 이신 선수."

"대신 다음에 딱 한 번씩만 제 부탁 들어주시는 겁니다."

이신이 불쑥 제안을 해왔다.

기자들은 서로를 보더니 고개를 끄덕였다.

"알았어."

"어차피 우리 사이에 뭐."

"평소에도 못되게 굴지는 않잖아? 이신 씨가 우리 밥줄인데."

직격탄을 서슴없이 날려서 늘 기삿거리를 제공하는 이신.

그 보답 삼아 이신이 호성적을 낼 때마다 칭송을 해주는 기자들.

알고 보면 상부상조하는 관계가 형성되어 있었던 것이다.

이신은 장첸에게 초청의 대가로 받았던 돈의 액수만 숨긴 채

거의 날날이 장양과 인연을 갖게 된 이야기를 풀어주었다.

그것은 급속히 기사화되어서 인터넷을 장식하기 시작했다.

—신의 네 번째 제자 출현

—이신의 네 번째 제자는 중국의 천재 소년 장양

—아마추어리그에 출현한 이신의 제자, 연승 행진 중

—이신 "목표는 무패우승"

*　　*　　*

결국 장양은 B조에서 우승을 차지했다.

그리고 A, B, C, D조의 우승자가 모여서 종합 우승을 가리는 정식 경기가 다음 날 열리게 되었다.

아마추어대회의 종합 결승은 토너먼트로 진행되며 인터넷 스트리밍 방송으로 생중계되는데, 사실상 몇몇 골수팬과 e스포츠 관계자 외에는 잘 안 보는 편이었다.

그런데 이번에는 달랐다.

이신의 네 번째 제자!

흔히 대중이 생각하는 '자폐증 천재' 타입의 어린 소년.

게다가 범상치 않은 출신과 정신질환을 극복하는 아름다운 스토리까지.

마침 1라운드도 끝나고서 프로리그가 잠시 휴식기였던 터라, 팬들이 생중계를 관람하러 접속했다.

—안녕하십니까, e스포츠를 사랑하시는 시청자 여러분, 저는 캐스터 김상재.

—해설의 오정훈입니다.

김상재와 오정훈은 둘 다 은퇴한 프로게이머 출신이었다.

김상재는 은퇴 후 파프리카TV에서 개인 방송을 2년 하다가 얼마 전에 전문 방송인으로 진로를 정한 신참 캐스터.

오정훈은 화성전자 소속의 선수였다가 얼마 전에 은퇴하고 해설위원으로 발탁을 받았다.

선수 시절에도 워낙 언변이 좋아 조 지명식 인터뷰에서 활약하곤 했다.

—요즘 화제의 선수가 있죠?

—예, 그 화제의 선수 덕분에 갑자기 많은 시청자 여러분들께서 관심을 가져주셔서 처음 해설을 하게 된 입장에서 부담도 되지만 한번 열심히 해보도록 하겠습니다.

—마찬가지입니다. 그럼 먼저 선수 소개부터 하죠. 시청자 여러분들은 선수들에 대해 잘 모르니까요.

—네, 일단 A조에서 우승하고 올라온 정태만 선수. MBS의 연습생이죠.

—그렇습니다. 방진호 감독님께서 아주 공들여 키운 선수라는데, 실제로 A조에서 우승을 차지함으로써 어느 정도 재능을 입증했죠. 하지만 이번 상대는 조금 난적입니다.

—그렇죠! 바로 그 화제의 선수, 신의 4번째 제자 장양 선수입니다.

—장양 선수 기록을 보니까 무패예요. 이신 선수의 다운그레이드판인가요? 아마추어리그라고는 하지만 이제는 제자까지 무패우승을 노리고 있네요.

—리플레이 영상 몇 개를 살펴보니 쐐기충 컨트롤이 소름 끼치게 정확했습니다.

—맞습니다! 쐐기충 뭉치고 P컨트롤 하는 것도 계속하다 보면 한 번쯤은 삐끗하거든요? 그런데 그런 게 없어요! 저도 선수 시절에 괴물을 했지만 저런 무서운 컨트롤은 처음 봤습니다. 막말로 제가 저런 컨트롤할 수 있었으면 우승도 했어요!

—에, 해설 땐 막말 자제해 주세요.

—하하, 죄송합니다. 개인방송 하다 온 버릇이 있어서…….

그리고 마침내 모두가 궁금했던 장양의 플레이가 시작되었다.

—퍼어엉! 퍼엉!

—으악!

—아악!

쐐기충이 건설로봇과 보병들을 닥치는 대로 죽이기 시작했다.

상대측 인류 진영은 보병·의무병 부대가 진출할 타이밍도 놓친 채, 본진과 앞마당을 견제하는 쐐기충을 쫓아다니다가 일방적으로 탈탈 털렸다.

—아…….

—이건 일방적인 학살인데요?! 현역 프로 선수 중에 이 정도

로 쐐기충을 컨트롤하는 사람이 있나요?!

—황병철 선수도 이 정도는 아니죠!

이어지는 2세트에서도 장양은 쐐기충을 들고 나왔다.

상대는 대공포로 진영을 온통 도배해 놓고도 모자라, 로켓 프리깃까지 3기 생산했다.

이에 대응한 장양의 선택은, 바로 쐐기충 올인이었다. 쐐기충과 폭탄충으로만 이루어진 비행 유닛부대로 맞선 것이다.

물론 대공포로 도배된 상대 진영에 침투하지는 못했다. 다만, 상대가 병력을 이끌고 나오자 일제히 덤벼들었다.

—퍼어엉! 퍼엉!

—으아악!

—으악!

일순간에 벌어진 일이었다.

폭탄충들이 자폭하여 로켓 프리깃을 격추시켜 버렸다.

쐐기충들은 보병들을 사과를 돌려 깎듯이 가장자리부터 차근차근 치고 빠지며 살육해 나갔다.

치열한 접전 끝에 인류의 병력은 전멸. 그러나 장양도 피해가 적지 않아, 남은 쐐기충만으로는 대공포로 도배된 인류 진영을 공격할 수 없었다.

하지만…….

—와! 바퀴 병력 보세요!

—저건 싸우고 있을 때 이미 바퀴를 생산하고 물량을 모으고 있었어요. 병력만 다 잡아먹고 곧장 지상군 위주로 즉시 전

환! 정말 판단이 귀신같습니다. 계산이 딱딱 나오고 있어요!

대량 생산된 바퀴들이 끊임없이 몰려들어 인류를 초토화시켰다.

많은 대중 앞에서 처음 선보여진 장양의 데뷔전은 그렇게 성대하게 치러졌다.

제10장

흉조

종합 우승을 차지한 장양은 알고도 못 막는 쐐기충으로 유명세를 떨쳤다.

특히나 중국에서 장양에 대해 매우 많은 관심을 보였다.

중국은 얼마 전의 월드 SC 올스타전 때문에 실망감을 느끼던 차였다.

중국을 대표한 선수 왕평카이가 이신을 도발하며 야심찬 도전장을 던졌다가 역 올킬의 제물이 되었기 때문.

이신의 괴물에게 당해 버린 왕평카이를 보며 중국 팬들이 느낀 실망과 수치는 이만저만이 아니었다.

—왕평카이는 대체 무슨 자신감으로 이신을 도발한 거지?

—올스타전이 뭐라고 혼자 이신을 도발한 것도 웃긴데, 아무것도 못해보고 완패하니 더 웃기는군.

—아! 중국의 수치다.

—우리나라는 왜 세계적인 프로게이머가 나오지 않는 거지?

—우리나라 프로게이머 놈들은 조금 살 만해졌다 싶으면 금방 게으르고 방종해져.

—솔직히 난 이신을 응원했지. :)

—그래도 괴물은 너무하잖아?

그렇게 망신을 당하고 온 왕펑카이 때문에 부글부글 끓었던 중국 팬들에게 장양은 새로운 대안이 되었다.

이신의 네 번째 제자!

주디와 존 남매도, 얼마 전에 올킬을 해낸 차이도, 이신이 키운 제자들은 하나같이 실력자가 된다는 것이 정설.

준프로 자격증을 따고 정식으로 올도어SCC와 프로 계약을 한 장양은 중국 팬들의 많은 관심을 받게 되었다.

그러다 보니 장양을 영입하겠다고 나서는 중국 팀들까지 생기는 뜬금없는 현상이 나타났다.

"노사님께서도 감사를 표하십니다. 앞으로도 잘 부탁한다고 당부하셨습니다."

리자가 말했다.

"장양을 영입하고 싶다는 의사를 밝힌 중국 팀이 많은데 어떻게 생각합니까?"

"일고의 가치도 없습니다."

"그중 북경에 연고지를 둔 팀도 다수 있는데, 장첸 노사님이나 장양의 부모님은 거기에 찬동하지 않습니까?"

"예, 노사님께서도 두 분 부모님께서도 장양을 이신 씨에게 맡기는 것이 최선이라고 생각하십니다."

그러면서 리쟈가 계속 말했다.

"그것 때문에 심기가 불편하셨다면 그들이 장양에게 관심을 갖지 않도록 조치를 취하겠습니다."

이신은 손을 휘휘 내저었다.

"그럴 필요 없습니다. 장양을 중국에 다시 데려가고픈 마음이 없다면, 그걸로 됐습니다."

괴물과 신족 라인업이 부족한 올도어SCC에게 장양은 중요한 전력이었다.

얼마 후, 리쟈의 참관하에 장양은 올도어SCC와 정식으로 프로 계약을 맺었다. 이 사실이 발표되면서 중국 팀들의 영입 제안도 자연스럽게 수그러졌다.

그들은 장양이 연습생 계약만 되어 있을 뿐, 아직 프로 계약이 안 된 점을 틈타서 장양을 가로채려 했을 뿐이었다.

이신이 기껏 가르쳐서 키워놓은 장양을 가로채려 했던 행위였다.

물론 프로의 세계이니 그걸 두고 나쁘다고 표현할 필요는 없는 일이라고 이신은 생각했다.

'중요한 건 선수로 하여금 이 팀에서 뛰고 싶게 만드는 것

이지.'

개인적으로 계약에 있어서 의리나 도리 같은 말이 언급되는 것을 매우 싫어하는 이신이었다.

그 같은 것을 강요하는 예전 소속 팀과 법적 다툼을 벌인 이력이 있는 그였다.

아무튼 장양은 문제가 되지 않았지만 당장 한국의 모든 선수들에게 닥친 가장 큰 과제가 기다리고 있었다.

바로 2021년 전반기 개인리그의 참가 신청 접수가 시작된 것이었다.

올도어SCC 소속 선수 중에서는 지난번의 우승자인 이신과 8강에 진출한 유진영, 그리고 16강 진출에 성공했던 주디가 이미 32강 본선이 확정된 상태.

그러나 작년에 없었던 차이, 존, 사나다 료 등은 예선부터 뚫어야 했다.

예선이라도 무시할 수가 없었다.

알아주는 실력자도 예선전에서 복병을 만나 삐끗하는 경우가 상당히 많았기 때문이다.

게다가 곧 프로리그 2라운드가 시작되는 것도 문제였다.

잘나가는 팀의 주전 멤버들은 프로리그 경기도 준비해야 하는 이중고의 부담이 가중되는 것이었다.

팀 입장에서 중요한 것은 어디까지나 프로리그.

그렇다 보니 프로리그에 집중했다가, 예선에서 뜬금없는 무명 선수에게 지는 경우도 심심찮았다.

팀에서 주전에 들지 못하는 무명 선수는 그만큼 필사적으로 예선을 뚫기 위해 치밀한 전략을 구상할 수 있기 때문이었다.

"개인리그 예선이 끝날 때까지는 되도록 엔트리를 너랑 주디, 진영이 위주로 짤 거야."

최환열이 내린 결정에 이신은 고개를 끄덕여 동의했다.

"상관없어."

"상대가 쌍성전자나 화성전자, JKT 같은 강팀이면 어쩔 수 없지만, 일단은 이 기회에 2군 애들도 좀 더 시험해 보려고."

"2군?"

올도어SCC의 2군.

그들 대부분은 올도어에 인수되기 전의 아마추어 팀의 주역들이었다.

지금은 아마추어와 프로의 벽을 실감하며 2군에 머무르고 있었지만, 가능성이 있는 선수들에게는 한 번씩 출전 기회를 주는 것도 나쁘지 않다고 여겼다.

*　　　*　　　*

그리고리는 농민의 아들로 태어났지만, 농사 대신 떠돌이 생활을 하고 있었다.

결코 의도했던 유랑은 아니었다.

그리고리는 어릴 적부터 방종한 삶을 살아 보는 시선이 좋지 않았는데, 심지어 말을 훔치려다가 발각되는 바람에 완전히 마을에서 쫓겨나게 되었다.

"이러다 얼어 죽겠군."

정처 없이 길을 걷다가 지쳐 잠시 바위에 걸터앉은 그리고리. 그러나 가만히 앉아 있자 더 추위가 밀려와서 견디기가 힘들었다.

적막한 숲길.

이 추운 날 한밤에 굳이 길을 나설 수밖에 없었던 이유는, 며칠 신세졌던 농가에서 또 사고를 쳤기 때문이었다.

성질 거친 남편과 평생을 살아온 농부의 아내는 외로움을 느끼고 있었다.

그 외로움을 공감하고 위로해 주니 그녀의 마음은 햇살에 쬐인 살얼음처럼 녹아버렸다. 하지만 그러한 치유의 행위가 농부는 영 마음에 안 들었던 모양이었다.

불륜을 발각당한 그리고리는 농부가 몽둥이를 들고 덤비는 통에 급히 도주하지 않을 수 없었다.

몽둥이가 자신 대신 그 아내에게 향하게 될지도 모른다는 걱정은 별로 들지 않았다. 그보다는 지금 자신이 얼어 죽게 될 것이 더 문제였다.

그런데 바로 그때였다.

"까아악!"

까마귀 한 마리가 날아와 나뭇가지 위에 앉았다.

무심코 까마귀를 올려다보았던 그리고리는, 까마귀가 자신을 가만히 내려다보는 것이 묘하게 불길하고 마음에 들지 않았다.

"저놈이 내 살코기를 노리는구나!"

돌멩이 하나를 집어 던졌지만, 까마귀는 피하지도 않았다. 마치 빗나갈 거라는 걸 알고 있었다는 듯이.

그리고리는 더더욱 그 까마귀에 대해서 불길함을 느꼈다.

'저리도 겁이 없다니? 정말 내가 곧 시체가 되길 기다리는 건가?'

자신을 빤히 내려다보는 까마귀와 눈이 마주치자 스멀스멀 공포가 밀려왔다.

그런데 바로 그때였다.

[네가 그리고리구나.]

"헉?!"

그리고리는 깜짝 놀라 헛바람을 들이켰다.

청각이 아닌 다른 감각으로 받아들여지는 기묘한 음성은 도무지 사람의 것이라 할 수가 없었다.

사방을 둘러보았지만 그 주변에 있는 살아 있는 동물이라고는 자신과 까마귀밖에 없었다.

"누, 누구십니까?"

[내가 누구일 것 같나?]

"서, 설마 신이십니까?"

[이봐, 네가 신의 목소리를 들을 만한 성품의 인간은 아니잖아?]

그리고리는 얼굴을 붉혔다.

그건 그랬다.

만일 자신에게 신의 음성을 들린다면, 아마 신은 격노한 어조였을 것이다.

[그리고 신이었다면 까마귀보다 비둘기가 더 그럴듯했겠지.]

"그럼 누구십니까?"

상식적으로 알 수 없는 기이한 상황 속에서도 그리고리는 금방 침착성을 되찾고 물었다.

[나는 세상에 불화와 흉조를 전하는 악마군주 안드라스다.]

"악마?!"

[뭘 그렇게 놀라나?]

"악마가 내게 무슨 볼일이란 말입니까? 썩 물러나시오!"

그러면서 그리고리는 겁에 질려 두 손을 모아 기도했다.

까마귀는 키득거리며 비웃었다.

[네 신께서 그러시는데, 넌 꼼짝없이 지옥행이라는군.]

"허, 헛소리!"

[진심으로 뉘우치고 바른 생활을 한다면 구원받을지 모르겠는데, 넌 그런 위인이 못 되잖아? 지옥 가기 무서운 거랑 진심으로 뉘우치는 거랑은 다르거든.]

"꺼져 버려!"

그리고리는 돌멩이를 계속 집어 던졌지만 기이하게도 어떤 것도 까마귀를 맞추지 못했다.

까마귀의 비웃음 가득한 눈초리에 응시당하며 그리고리는 제풀에 지쳐 기진맥진했다.

"왜 날 찾아왔지?"

[네가 내 계약자로 딱 적합한 인간으로 보이거든.]

"계, 계약?!"

그러자 괴담과 민간전승에 떠도는 수많은 이야기가 떠올랐다.

그리고리는 몸서리를 쳤다.

"꺼져라, 악마야!"

[싫다면야 어쩔 수 없지만. 그런데 결국 우린 다시 보게 될 거야.]

"다시 볼 일 없어!"

[오, 천만에. 우리가 다시 재회했을 때 넌 지옥에 있을 거야. 난 지옥에서 허우적거리는 네게 다시 계약을 제안할 테고, 그럼 훨씬 간단하고 내게 일방적으로 유리한 성사될 테지.]

"지옥 따윈 안 가!"

[애석하게도 네 타고난 성품은 어딜 봐도 지옥행 티켓을 미리 끊어놓은 인간이야.]

까마귀는 홰를 치며 날아올랐다.

[그럼 조만간 또 보지. 네겐 긴 세월이겠지만 내게는 아주 짧은 기다림이야.]

떠나려는 까마귀.

그리고리는 가슴 섬뜩한 불길함과 함께, 왠지 저대로 저 악마를 떠나보내서는 안 된다는 생각이 들었다.

"잠깐!"

까마귀는 창공을 빙글 선회하다가 다시 나뭇가지에 내려앉았다.

[왜 그러시나?]

"왜 내게 그런 제안을 하는 거지?"

[네게 큰 재능이 있거든.]

"재능?"

그리고리는 황당해졌다.

자신이 잘하는 거라고는 계집질과 사기밖에 없었다.

[물론 인간으로서의 너는 정말 답이 없는 쓰레기지. 하지만 내가 보는 건 인간으로서의 재능이 아니야.]

"그럼?"

[악마로서의 재능.]

"……!"

심장이 쿵쾅거렸다.

[내가 널 악마로 만들어주마. 이 세상에 불화와 흉조를 터뜨려라. 그러면 너는 악마로서 강해질 것이다.]

"그럼 내게 무슨 이득이 되지?"

[원하는 모든 향락을 누릴 수 있지. 네가 강해지면 강해질수록 더욱 많이!]

침을 꿀꺽 삼키는 그리고리에게 악마군주 안드라스가 계속 말했다.

[악마들의 향락은 네가 상상할 수조차 없지. 너의 모든 욕망은 끝없이 충족될 것이다.]

"…대가는 없는 것입니까?"

그리고리의 말투가 공손해졌다.

악마군주 안드라스가 빙의된 까마귀는 깍깍거리며 웃었다.

[나의 계약자가 되어 내 명령에 따르는 것이지.]

"……."

[말했다시피 난 좀 더 기다렸다가 다시 계약을 제안해도 상관없어. 그럼에도 지금 네게 기회를 주는 것이야. 하찮은 떠돌이에 불과하지만 나에게 힘을 받으면 넌 지금과는 전혀 다른 삶을 살게 될 것이다.]

"…하겠습니다."

조금의 망설임 끝에 그리고리가 대답했다.

지금 당장 살갗을 에는 추위가 자신의 하찮은 처지를 알려주고 있었기 때문이었다.

이 비참한 처지에서 벗어날 수 있는 힘을 얻을 수 있다니, 뭐든지 할 수 있을 것 같았다.

자신이 생각해도 신은 자신을 구원해 줄 것 같지 않았다.

그렇다면 차라리 악마가 되는 것도 나쁠 것 없지 않은가!

[나와 계약을 하겠느냐?]

"예, 계약합니다."

[흐흐, 좋다.]

파아앗!

별안간 검은 빛이 번쩍이더니, 그리고리의 몸속으로 빨려 들어갔다.

[계약은 성사되었다. 그리고 네게는 이제 나의 힘이 깃들었다. 세상에 불화와 흉조를 퍼뜨려라. 그럴수록 넌 점점 강대해진다.]

그렇게 악마군주 안드라스에게 계약자가 생겼다.

현재 악마군주 안드라스의 서열은 59위. 곧 60위의 그레모리로부터 도전을 받게 되는 위치였다.

악마군주 안드라스와 계약하고 마력을 부여받은 그는 하급 악마로서의 능력을 각성했다.

[그리고리, 넌 이제부터 나의 계약자이며 또한 나의 권속이다.]

불화를 조장하고 흉조를 퍼뜨리는 능력!

하급 악마가 된 그는 마력으로 개선된 육체와 특별한 능력에 희열을 느꼈다.

'좋다. 난 악마다! 이렇게 된 것, 내게 주어진 사명을 완수하겠다.'

그것은 악마군주 단탈리안과 계약하고 저주를 받아 악마로서의 힘이 강화된 장각과 비슷한 케이스였다.

다만 라스푸틴은 계약 상대가 악마군주이며 자신이 악마가 되었다는 것을 인지했다는 면에서 차이가 있을 뿐이었다.

라스푸틴은 작정하고 세상에 불화와 흉조를 조장하기 시작했다.

성직자를 자처하고 다니며 괴이한 교리를 내세워 사람들을 홀리기 시작했다.

그는 앞으로 세계에 드리울 크고 작은 재앙을 예언했는데, 흉조(凶兆)를 퍼뜨리는 그의 능력은 효력을 거두어 모두 다 적중하였다. 그럴수록 라스푸틴의 명성은 높아져만 갔고, 끝내는 러시아 로마노프 황실의 귀에도 들어갔다.

로마노프 황실은 당시 황태자 알렉세이가 혈우병을 앓는 일 때문에 골치를 썩고 있었다.

"정말로 그렇게 신비로운 능력을 가진 자라면 황태자의 병도 고칠 수 있지 않겠는가?"

그것은 제정 러시아를 거의 확실하게 파멸시킨 불화의 단초였다.

악마의 능력으로 황태자 알렉세이의 혈우병을 고친 라스푸틴은 황실의 신임을 얻어 귀족으로 대우받았다.

그때부터 라스푸틴은 로마노프 황실에 불화를 일으켰다.

불화를 일으키는 그의 능력은 황후 알렉산드라의 신경쇠약으로 나타났다.

신경쇠약에 빠진 황후 알렉산드라는 예언자 행세를 하는 라스푸틴에게 더욱 의지하게 되었다.

러시아 황제 로마노프 2세는 황후에게 휘둘리는 경향이 있었고, 때문에 정국(政局)이 라스푸틴에게 좌지우지되는 사태가 벌어졌다.

9할에 달하는 살인적인 세율.

임금을 올려달라고 시위하러 모인 노동자를 학살한 피의 일요일 사건.

상상을 초월하는 폭정이 라스푸틴에 의해 펼쳐졌다. 온 나라에 불화가 번지면서 그의 마력은 점점 강해졌다.

악마군주 안드라스의 말대로, 악마로서의 본분을 다할수록 그의 마력은 저주에 의하여 점점 증식되었다.

마력이 모여서 중급 악마로 각성까지 하자, 라스푸틴은 희열과 성취감을 느꼈다.

'좋아, 내 힘이 점점 강해지고 있다.'

로마노프 2세가 1차 세계대전에 참전하느라 나라를 비우자, 거칠 것이 없어진 라스푸틴은 더더욱 폭정을 일삼고 사치와 방탕을 누렸다.

하지만 라스푸틴의 폭정은 거기까지였다.

"저놈을 가만 놔둬서는 안 돼."

"이러다가 나라가 반란에 휩싸인다."

황족과 귀족이 다 함께 모의하여 라스푸틴의 암살을 시도했다.

암살 과정도 괴이스럽기 이를 데 없었다.

파티에 초대한 뒤에 청산가리가 든 음식을 먹였는데, 라스푸틴은 아무렇지 않은 모습으로 술을 마시고 노래를 불렀다.

결국 암살자가 공포에 질려 권총을 꺼내 쐈지만 총탄에 맞았음에도 라스푸틴은 죽지 않고 몸싸움을 했다. 결국 모두가 달려들어 포박한 뒤, 강물에 던진 끝에야 간신히 죽일 수 있었다.

그런데 나중에 시신을 건져 보니 포박을 풀려 있었고, 강바닥에 그가 손톱으로 할퀸 자국까지 있었다.

사인은 독살도 총살도 아닌 익사였다.

심지어 사후 그의 방에서 편지가 발견되었다.

—나는 곧 죽을 것이다.

내가 러시아 국민들의 손에 죽는다면 황제는 두려워할 필요가 없다. 로마노프 왕조는 수백 년간 지속될 테니까.

하지만 내가 특권층, 귀족의 손에 죽는다면, 그들의 손은 앞으로 25년간 같은 형제의 피로 젖은 채로 유지될 것이며, 끝내 러시아에 귀족이 한 사람도 남지 않으리라.

그리고 황제여, 명심하라.

당신 일족 중 한 사람이라도 내 죽음에 가담했다면, 당신의 일족은 2년 이내에 그 누구도 살아남지 못할 것이다. 모두 러시아 국민에게 살해된다.

그것은 라스푸틴이 죽음을 기다리면서 남긴 최후의 흉조였다.

정말로 로마노프 황실 일가는 모두가 죽임을 당했고, 러시아 혁명을 통해 일어난 소련은 내부 분열에 시달리다가 25년 뒤에 독소전쟁이 발발했다.

그 같은 일들이 전부 전해지면서, 라스푸틴은 사람이 아니라 악마였다고 소문이 퍼지기 시작했다.

라스푸틴은 마지막까지 악마군주 안드라스로부터 받은 사명을 완벽하게 수행한 것이었다.

*　*　*

이신이 마계로 소환된 것은 밤늦게까지 개인리그를 준비하다가 잠들었을 때였다.

일어나 보니 낯이 익은 오두막의 천장이 보였고, 이신은 곧 자신이 그레모리 궁전 뒤뜰에 있는 자신의 영지에 있음을 깨달았다.

"일어나셨나요?"

활짝 웃으며 그에게 인사한 여자는 세리시아.

그레모리의 권속으로, 이신의 영지 관리를 맡은 하급 악마였다.

"…내가 언제 이리로 불려왔지?"

"새벽에 주무시다가 소환되셨어요. 영지에서 주무시니 몸이 한결 좋죠?"

"그렇군."

세리시아의 말대로, 영지의 평온한 기운 덕에 막 자고 일어난 그의 몸에는 한 점의 피로나 불편함도 느껴지지 않았다.

이렇게 개운하게 깨어난 것은 오랜만이라, 확실히 자신이 마계에 와 있음을 실감했다.

'다행히 아직 휴식기일 때 소환됐군.'

프로리그 2라운드 경기 당일에 소환됐으면 큰일 날 뻔했다.

마계에서 서열전에 몰두할 때는 스페이스 크래프트를 하지 못하는데, 최소 일주일에서 길면 한 달까지 지낸다. 그렇게 긴 시간 게임을 손에서 놓으면 감각이 떨어질 수밖에 없었다.

'돌아가면 죽어라 연습하는 수밖에.'

치유 능력까지 써가며 밤새워 연습해 게임 감각을 되찾아야겠다고 이신은 생각했다.

채앵! 챙! 까앙!

문득 바깥에서 병장기가 부딪치는 맹렬한 소리가 들렸다.

"뭐지?"

"계약자님의 두 권속이 대련을 하고 있어요. 매일 볼 수 있는 풍경이죠. 조용히 하라고 할까요?"

"아니."

그제야 이신은 사도들 중 질 드 레와 이존효에게 마력을 부여해 자신의 권속으로 삼았던 사실을 기억해 냈다.

"저 두 명은 여기서 지내는 건가?"

"물론이죠. 계약자님의 권속인데 계약자님의 영지를 놔두고 어딜 가겠어요?"

"이 오두막에 틀어박혀 지내야 하는 건 아니겠지?"

"호호, 설마요. 궁전 내부를 마음대로 돌아다녀도 된다고 그레모리 님께서 허락하셨죠. 하지만 아무래도 권속의 악마들은 자기 주인의 영지에 있을 때 가장 안정감을 느끼는 법이랍니다."

마당에서 질 드 레와 이존효가 각자 무기를 들고 싸우고 있었다.

아무래도 질 드 레가 이존효에게 쩔쩔매는 모습이 연출되었다. 복잡하게 생긴 혼천절을 자유자재로 다루며 요리하는 모습이었다.

"챳!"

이존효가 찌르기를 할 듯한 동작을 취하자, 질 드 레는 급히 옆으로 피했다. 하지만 혼천절에 달린 무쇠 추가 질 드 레의 뒤통수를 강타했다.

크게 휘청거리는 질 드 레에게 곧장 창날이 들이밀어졌다.

"휴우, 도저히 안 되겠군."

질 드 레는 고개를 절레절레 내저었다.

"하핫, 그래도 제법이었소. 여간해서는 내게 맞설 수 있는 사람이 없는데."

뭐라고 더 말하려던 질 드 레는 이신이 나온 것을 발견하고는 곧 고개를 숙였다.

"오셨습니까?"

"오, 주군! 깨어나셨군요."

이존효도 공손하게 인사했다.

"잘 지냈나?"

"예!"

"주군 덕에 편안하게 보내고 있습니다. 권속으로 삼아 주셔서 감사합니다!"

"그럼 됐어. 다음 서열전 상대에 대해서 들은 건 있고?"

"그리고리 라스푸틴입니다."

"라스푸틴?"

언뜻 들어본 이름이었다.

아마도 1차 세계대전 시기의 역사를 훑어보다가 우연히 보게 된 이름이었던 기억이 났다.

"뭐 하던 놈이지?"

"들은 소문에 의하면 성직자였다고 합니다. 살아생전에 이미 악마군주 안드라스의 계약자였다고 하니 알 만하지요."

질 드 레가 말했다.

말투에서 성직자를 별로 탐탁지 않아 하는 기색이 엿보였다.

'그러고 보니 질 드 레도 종교 재판에 회부되어서 죽었었군.'

질 드 레를 사도로 맞이한 뒤에 그에 대해 조금 인터넷 검색을 해본 적이 있었다.

악마 숭배와 아동 연쇄 살해 등 전형적인 마녀사냥 성격의 죄목으로 통해 사형을 선고 받았다.

저런 죄목을 갖다 붙이는 일은 당시에는 아주 흔했고, 잔인한 고문을 당하느니 그냥 순순히 죄를 인정하는 편이 훨씬 합리적이었다고 한다.

게다가 당시의 관례상 죄를 자백하고 참회하면 신분과 재산을 가족에게 물려줄 수 있었다.

1992년에는 전직 성직자와 의원, 유네스코 전문가로 구성된 법정이 질 드 레의 판결을 재검토해 무죄로 결론을 내리기도 했다.

진실은 알 수 없고 이신도 굳이 그걸 본인에게 물어보지 않았지만, 일단 살아생전에 방탕하고 퇴폐적인 삶을 살았던 난폭한 인물임은 확실해 보였다.

"종족은 마물을 주로 다루며, 무엇보다도 놈은 이미 상급 악마라고 합니다."

"상급 악마?"

"살아생전에 악마를 숭배하고 악마가 관장하는 능력으로 재앙을 퍼뜨리면 마계의 영지에서 마력을 수확하는 것과 같은 효과가 일어난다고 들었습니다."

"재앙을 많이 퍼뜨리면 마력이 상승한다?"

"예. 저보다 후대의 인물이라 잘은 모르겠지만, 상급 악마가 될 정도로 강대한 힘을 얻으려면 나라를 몇 번은 족히 말아먹을 정도의 재앙을 일으켜야 합니다."

"누군지 알겠군."

마침내 그리고리 라스푸틴이 누군지 기억이 난 이신이었다. 온갖 괴담이 난무하는 작자라 인상적이었다.

그때 이미 악마였다면 그러한 온갖 괴담들이 난무하는 것도 이해가 된다.

아무튼 어떤 상대인지 잘 감이 안 오는 작자였다.

명성 떨친 군인도 아니었고 정치가로서 수완을 발휘했던 인물도 아니니 말이다.

'장각과 같은 유형인데 뚜껑을 열어보기 전까지는 알 수가 없군.'

일단은 그리고리 라스푸틴과 서열전을 치러보았던 이들을

찾아가 물어보는 수밖에 없다고 여겼다.

*　　　*　　　*

마치 성당처럼 둥그런 형태의 건물이었다. 스테인드글라스로 장식된 창문을 통해 형형색색의 빛이 내부로 들어왔다.

곳곳에 켜진 촛불이 을씨년스러운 분위기를 더욱 자아낸다.

그 한가운데서 조용히 기도를 하는 사나이가 있었다.

덥수룩한 수염에 날카로운 눈매, 그리고 검은 신부복 차림의 건장한 서양 사내.

성당에서 기도를 올리는 경건한 신부의 모습이었다.

하지만 이곳이 마계이며, 저 사내의 이름이 바로 그리고리 라스푸틴이라면 이야기는 달라진다.

이는 그 자체로도 신성모독과 음험함이 흐르는 장소인 것이었다.

잠시 후에 그의 몸에서 흐물거리며 검은 안개와도 같은 마력이 빠져나왔다.

안개처럼 흘러나온 마력이 한데 뭉쳐졌다.

진흙으로 형상을 빚듯이 마력 덩어리는 무언가가 되었다.

부리가 되고 날개가 되고 검정색 몸뚱이가 된다.

이윽고 탄생한 것은 작은 까마귀였다.

까마귀는 라스푸틴의 어깨에 앉아 소리쳤다.

"까아악! 이신이 도전해 온다! 까악!"

요란스럽게 흉조를 지저귀는 마력 까마귀.

비로소 눈을 뜬 라스푸틴이 중얼거렸다.

"이신이라……."

"강하다! 까아악! 아주 강하다! 무섭다! 까아아악!"

까마귀는 쉴 새 없이 지저귀고 있었다.

『마왕의 게임』 9권에 계속…